芳

吉田兼好とは誰だったのか

徒然草の謎

GS 幻冬舎新書 303

徒然草が書かれたという事は、新しい形式の随筆文学が書かれたという様な事ではない。純粋で鋭敏な点で、空前の批評家の魂が出現した文学史上の大きな事件なのである。僕は絶後とさえ言いたい。

――小林秀雄著『モオツァルト・無常という事』（新潮文庫）より

吉田兼好とは誰だったのか／目次

序章　滅却したはずの原稿

伝説の吉田兼好

智の巨人・小林秀雄が徒然草の誕生を空前絶後の「事件」として絶賛したのは、昭和十七年八月号の「文學界」誌上であった。しかし、その当時はもちろん、没後六百六十年を経たいまでも、徒然草の著者・吉田兼好は、相変わらず伝説のなかにいる。

本名を卜部《うらべ》兼好《かねよし》という。出生・没年ともに不詳。唯一存在したらしい京都・法金剛院の過去帳に記載された、観応《かんおう》元年（一三五〇年）四月八日に六十八歳で没したという史料から逆算して、弘安六年（一二八三年）の誕生と推定されている。

ところが、死亡後の活動記録が発見され、せっかく探り当てた没年も藪の中。「吉田」の姓も室町末期からの呼び名とあっては、まことにもって厄介千万《やっかいせんばん》な法師である。

そもそも徒然草なる随筆集は、原本が消失し、正徹《しょうてつ》自筆の「正徹本（一四三一年成立）」とよばれる「書写」が最古のものらしい。兼好の推定没年から八十一年後の写本である。

ふつうならば、これほどの年月を経れば、とっくの昔に忘れられていようものを、どっこい踏ん張って今日にいたっているのだから凄い。

書写した正徹なる人物は、兼好法師の死後三十年ほどして備中国《びっちゅうのくに》小田庄《おだのしょう》（岡山県矢掛町）に、神戸山《こうどさん》城主・小松康清《やすきよ》の子として生まれた小松正清《まさきよ》。幼くして上京し、十四、五歳のころには冷泉派《れいぜい》の歌会に出、のち冷泉為尹《ためまさ》や今川了俊《りょうしゅん》に師事した歌人である。

三十過ぎに出家した小松正清は、やがて京都五山のひとつ東山東福寺の僧となって清巌《せいがん》正徹を名乗り、寺では書記をつとめたところから「徹書記《てつしょき》」とよばれた。

徒然草との関係は、師事した今川了俊が若き日に兼好と歌会などで交わっていたことからだという。兼好と了俊との年齢差は、四十三年である。兼好の公認没年ちかくでさえ、了俊は二十五、六歳。まだ潑溂《はつらつ》とした若武者のころで、今川貞世《さだよ》と名乗っていた。

今川家は、鎌倉期後半から室町期にいたる守護大名で、今川範国《のりくに》が遠江《とおとうみ》・駿河《するが》の今川家初代になる。範国の次男として生まれた貞世は鎌倉に住み、やがて京都に移って冷泉派に入門。晩年の兼好とは、十年あったかどうかのおつきあいである。

これが兼好と正徹をむすぶ線である。しかも、偶然が重なった。貞世がこの南北朝の乱世で、おもわぬ長生きをしてくれたのである。

兼好の死後二十年ほどして、九州探題《たんだい》（幕府の軍事・外交を司る地方長官）に任命された了俊（この三年前に出家）は、兼好の弟子・命松丸《みょうしょうまる》を九州・大宰府へと同道した。

とはいえ大宰府は、南朝方に占領され、奪還作戦のさなかである。命松丸の年齢は不明だが、のちに了俊の家来になったともいう。了俊は、九州全域を平定して南北合一を成し遂げ、明《みん》国《こく》・高麗《こうらい》、その後の李氏《りし》朝鮮との外交を正常化するのに十五年をかけている。なかなかの戦《いくさ》上手だったとの伝承がある。

興味ある歴史には、伝説がつきものである。室町時代の歌人・三条西実枝《さんじょうにしさねき》（一五一一～七九年）著『崑玉集《こんぎょくしゅう》』は、史家がこぞって「デタラメの書」とするが、話がおもしろいから、その史家までもが語り継いで今日にいたる奇書。どんな内容か、周辺の情況をとり混ぜながら紹介しよう。

了俊が探題を解任されたのは、応永二年（一三九五年）である。いったんは京都に戻り、このあと守護を命ぜられて駿河へ郷入りする。七年後の応永九年（一四〇二年）、七十六歳になった了俊は、晴れて無役の身となり、著作の日々を京都で迎えたのである。ある年、了俊は、命松丸とばったり行き会った。

これも正確な時期は、不明である。しかも了俊は、京都に戻って二十年近く、九十四歳前後まで生きるのだから、特定するにも漠《ばく》としたものがある。

とにかく了俊は、かつての兼好の弟子と会ったのだ。そして、

「法師の形見は、なにか残っておらぬか。書き物でもあれば、おもしろかろうに」

と、なにげなく訊《たず》ねる。

兼好没して半世紀。命松丸と会っておもいだすのは、やっぱり兼好法師の毒舌とみやびの心、出家者の自由奔放さである。その自由をやっと手にした了俊は、兼好が味わった隠遁生活を充

分に堪能していた。なるほど法師の話はまことに痛快であった、なにか書いたものでもあれば、とでもおもったのであろうが、命松丸の返事はそっけなかった。

「お師匠さまは、きれいさっぱり処分されて、何ひとつ残してはおられません。あるものといえば、草庵の壁や襖に貼った反古《ほご》ぐらいしかございませんが……」

たとえ紙が貴重品だった時代ではあれ、ひとからもらった手紙や経文の裏に随筆を書き、それさえも壁や襖に貼りつけて滅却したという。そこには兼好なりの美学があり、なにひとつ残さずに逝《い》くのが奥ゆかしいのであろう。

「ほほう、それはおもしろい。すまぬが、そいつを剝《は》がして見せてくれまいか」

案の定、了俊は、その場で飛びついた。はしなくも壁や襖に残滓《ざんし》をさらしたとは、完全試合達成の直前にまさかの失投。兼好の生きざまから考えれば、残念無念といったところであろうか。

命松丸が、双《ならび》ヶ岡や吉田山近くの旧草庵から反古紙を剝がしたところ、一束もの量になった。それをふたりで整理・編集したのが「つれづれぐさ」だったと、ウソかマコトか、『崑玉集』は伝える。これが正徹本の「原本」というのである。

応永二十七年（一四二〇年）八月、了俊は、大往生をとげた。

それから十一年後、正徹が注釈・浄書して上下二巻からなる徒然草の「正徹本」が誕生する。

了俊の念願は、ようやくにしてはたされたのである。ちなみに正徹は、徒然草のほかに源氏物語などの書写をし、かたわら万余の歌を詠んだ偉大な歌人である。

人気をよぶ徒然草

こうして忽然《こつぜん》と甦《よみがえ》った徒然草は、室町末期から京都の公家や文化人のあいだで大流行し、ひんぱんに書写が行われた。冷泉派の正徹に和歌を学び、二条派の門弟となった東常縁《とうのつねより》は「常縁《じようえん》本《ぼん》」を、足利義輝から義昭、織田信長、豊臣秀吉と仕えた細川幽斎《ゆうさい》は「幽斎本」を残し、これに正徹本を加えた三つの系統が、いわゆる「古本系《こほんけい》」である。

寛永の三筆と謳われた摂関家の近衛三藐院《さんみやくいん》筆写と伝える三藐院本も、この系統のひとつである。おなじ近衛家の陽明文庫《ようめいぶんこ》に伝わる高橋貞一校訂の徒然草は、一部を省略している。なにかの目的に応じて必要な部分だけを抜き書きしたのだろうが、ほとんどが平仮名で段わけもない。これも古本系に分類される。

慶長六年（一六〇一年）のころには、医師・秦宗巴《そうは》による注釈書『徒然草寿命院抄《じゆみよういんしよう》』がだされるほどの人気を呼んだが、ここに時代の変革が訪れた。印刷技術である。

慶長十三年（一六〇八年）、本阿弥光悦《ほんあみこうえつ》を中心に角倉素庵《すみのくらそあん》が新しいかたちの木活字《もくかつじ》による出版を行った。

平安中期、京都五山の寺によってはじめられた木活字による印刷は、宋や元の漢籍復刻または仏典などに用いられ、一文字ずつ漢字を拾って組んだもの。夢窓疎石《むそうそせき》（国師）が開山して五山の一つとなった嵯峨野の臨川寺《りんせんじ》が元祖という説があるが、これも定かではない。いずれにせよ、嵯峨野にはこうした印刷職人がすでに住んでいたのである。

藤原惺窩《せいか》に師事して漢籍に親しんだ角倉素庵は、当代随一の数寄者《すきもの》の本阿弥光悦と組み、これら職人を使って『伊勢物語』を出版したのが古活字本《こかつじぼん》の嚆矢《こうし》である。

彼らがとった手法は、二字から四文字ほどの連続したひらがな混じりの木版をつくり、それを美術工芸的に凝った紙に印刷じた。やがて観世流の謡《うたい》の本や方丈記《ほうじょうき》、徒然草などにおよび、素庵が工房を営んだ嵯峨野の地にちなんで、「嵯峨本」とよばれた。

千部のベストセラー

ここで偉大なプロデューサ本阿弥光悦に、触れておかなければならない。この日本のレオナルド・ダ・ヴィンチともいえる光悦は、「風神雷神図屏風《ふうじんらいじんずびょうぶ》」を描いた俵屋宗達《たわらやそうたつ》を生みだし、のちに琳派《りんぱ》とよばれる尾形光琳《こうりん》に、江戸後期には酒井抱一《ほういつ》に影響を与えたが、将軍や大名の庇護をうけた狩野《かのう》派や円山四条《まるやましじょう》派のかげにかくれて、明治初期の評価はゼロに近かった。

それを明治期中盤に、審美眼《しんびがん》の確かな、英語に堪能だった岡倉天心《てんしん》が現れて国内外に芸術性の高さを喧伝し、国内では横山大観《たいかん》、下村観山《かんざん》、菱田春草《しゅんそう》らに、海外では十九世紀末を象徴するオーストリーの画家グスタフ・クリムトに、また二十世紀のポップ・アートを代表するアメリカのアンディ・ウォーホルに影響をあたえたのである。芸術とは、まことに不思議な世界である。ひとりの目利きによって、まったく別の世界が開ける。その意味では、弟テオの妻ヨハンナが画商に売り込んだというファン・ゴッホや、メンデルスゾーンが発掘したバッハの譜面もそうであろう。これらの目利きがいなければ、ゴッホもバッハも、また兼好すらも消え、忘れ去られていたのである。

光悦みずからは、寛永の三筆と呼ばれ、書道では光悦流の元祖となり、陶芸や工芸では数々の国宝作品を生みだした。また角倉素庵も寛永の三筆のひとりであり、京都の土木工事を一手に引き受けて三富豪のひとりになった。この光悦と素庵らの眼に叶った嵯峨本の徒然草は、はたして洛陽《らくよう》の紙価《しか》を大いに高めるのである。

この流行に乗り遅れる手はない。ここに、三宅亡羊《ぼうよう》なる儒学者が現れた。

三宅亡羊はかねて、老子の虚無と荘子の自然を講義し、ひまを見ては数名の門人を相手に徒然草を講読していた。これがけっこう評判が良かった。

「これは、ひと工夫すればイケルかもしれない」

と、亡羊は時代の流れを読んだ。原文を序と段にわけ、句読点と濁点を施せば、さらに読みやすくなる。これが、今日に見られる徒然草の原型である。

ここで問題なのは、亡羊がどの本を使ったかである。

嵯峨本を底本にしたことは確かだが、その字句に訂正を施している。そのためには、兼好が書いた原本か、由緒正しい写本のいずれかがなければならない。加賀藩主・前田綱紀《つなのり》（一六四三～一七二四年）の言行録『松雲公御夜話《しょううんこうおんやわ》』には、

徒然草の草案、吉田兼好の一筆なり、紙は其分《そのぶん》の歌人達の文《ふみ》なり、此《この》反古を裏返して綴《と》ぢたる物なり、是れ日本一の名物なり、今は判行人《はんこうにん》（出版人）に之あり、如何《いかん》といへば先年、稲葉美濃守へ御貸し遊され候、其時写されたるなるべしとの事なり、同人（高田弥右衛門）咄《はなし》（冨倉徳次郎著「兼好法師研究」所収　丁子屋書店刊）

とある。高田弥右衛門の話によれば、殿様は先年、「原本」を小田原城主・稲葉美濃守正則に貸しだされ、いまは復刻版をだそうとする出版社にあるという。つまり稲葉正則が美濃守を名乗るのが、老中だった延宝八年（一六八〇年）までである。それまでは前田家に、『崑玉集』に書かれた通りの原本が存在していた。このあとぷっつりと、消息を断っている。

亡羊が古活字による徒然草を出版したのは、慶長十八年（一六一三年）である。原本がそれ

から約七十年後に確認されているのだから、彼が手にした可能性がないではないが、これいじよう詳しく調べる手立てはなさそうである。しかし、段わけ、句読点、濁点、そして校訂を加えた彼の仕事の意味は大きかった。のちに林羅山《らざん》の「野槌《のづち》」、松永貞徳《ていとく》の「なぐさみ草」など、夥《おびただ》しい数の注釈・研究をくわえた「徒然草」が誕生する。

　出版にあたり亡羊は、もうひと工夫している。彼もまた藤原惺窩の門に学んだが、学者として地位を確立していたわけではなかった。そこで彼は、公家として地位があり、歌人・能書家として知られた烏丸光広《からすまるみつひろ》に、句読点などの校閲《こうえつ》と跋文《ばつぶん》を依頼したのである。このころ、たまたま烏丸光広が謹慎蟄居中で暇を持てあましていたことも幸いした。

　これが大いに売れたというのだが、何部刷られたか、売値はいくらだったのか。

　印刷博物館の学芸員・中西保仁は、つぎのように推測する。

「古活字による印刷は、百部を単位に刷りますが、一・五匁《もんめ》の売値で換算しますと、一冊五、六千円でしょうか。古活字版としては一番売れていますが、貧しい人には買えません。また書店がありませんから、人づてに売ったところで千部はいかないでしょう」

　現代と較べれば極めて少部数だが、これが「烏丸本」として普及するのである。

　兼好の研究は、今日なおもつづいており、「つれづれなる」研究者を苦悩させ、驚喜させ、口角泡を飛ばして議論させている。草葉の陰でほくそ笑む、兼好法師の顔が目に浮かぶようだが、さてさてどうなることやら。

伝説とナゾにつつまれた法師は、どこまで窺い知ることができるのか。先人の諸説をとりまぜながら人物像をあぶりだしてみたい。徒然草の本文は、中見出しにつけた段数と書きだし以外は拙訳の現代文にする。

第一章 徒然草の起稿

起稿と擱筆の年代

全編二百四十三段からなる徒然草の冒頭を起稿した時期が、問題である。研究が始まって約二百六十年ものあいだ諸説が一定していないのである。まずは、序段を読んでみよう。

[序段] つれぐなるままに

ひまにまかせて、ひがな一日を硯《すずり》にむかって、心に去来するとりとめもないことを、あれこれ書きつけてみますと、いささか不作法な気がいたします。

戦後の研究によれば、一気に書き下ろしたものではなく、前期と後期の二回にわけられたという。わたしが知り得た主な流れは、『徒然草全注釈　上巻・下巻』（角川書店）を著した安良岡《やすらおか》康作と、『兼好発掘』（筑摩書房）の著者・林瑞栄《はやしみずえ》の説である。

安良岡説では、文保《ぶんぽう》三年／元応《げんおう》元年（一三一九年）に、序段から第三十二段までを、元徳二年（一三三〇年）から翌年にかけて最終段までを執筆したあと、補訂・挿入を行った、としている。時代背景でいえば、後醍醐天皇が即位した翌年に前編を、鎌倉幕府が崩壊する三年まえに後編を執筆したというのである。

林説によれば、文保二年（一三一八年）八月の起稿。翌元応元年暮れに第三十七段までを書いて筆を擱《お》き、元弘三年／建武元年（一三三四年）から最後まで。つまりは、後醍醐帝即位直後に前編を、幕府が崩壊して一年後の再起稿である。

世間では、安良岡の説が支持をえている。しかしわたしは、林瑞栄の説に則《のっと》って書きたい。というのも、彼女の説は、室町末期から営々とつみ重ねられた研究を打ち壊すものとして、研究家たちの「村」からは異端視されているからである。

その手始めが、序段であった。

執筆の動機

文保二年（一三一八年）三月二十九日、花園帝の退位をうけて東宮《とうぐう》・尊治《たかはる》親王が即位し、みずから後醍醐と名乗った。どうじに皇太子に冊立《さくりつ》されたのが、邦良《くになが》親王であった。

そして兼好が長年家司《けいし》（事務職員）としてつかえた堀川家の主人・堀川具親《ともちか》は、正二位 権中《ごんちゅう》納言《なごん》兼左衛門督《さえもんのかみ》（警護・裁判所長官）をへて、春宮権大夫《とうぐうごんだいぶ》に就任。春宮とは、東宮とも書いて皇太子をさす。「権」がついているから東宮御所の次官である。

具親は、二十四歳。兼好は、三十五歳（別説では四十歳。いずれも満年齢。後述）。春宮大夫は、具親より三歳年長の洞院公賢《とういんきんかた》、やがて太政大臣にまで出世する政治家である。

さて、同年七月ごろであろうか。宮中では、大変な事件が起きた。天皇が寵愛する女官が御所から忽然と姿を消した。それを盗んだ犯人が、なんと具親だったのである。二条良基《よしもと》が書いたと伝える『増鏡《ますかがみ》』（一三七〇年代成立）に、つぎの記載がある。

> 天皇には、万里小路《までのこうじ》（北畠とも申す）大納言入道師重《もろしげ》といった人の娘で、大納言の典侍《すけ》といって、たいへん寵愛を受けている人があったのを、堀川の春宮権大夫具親卿《ともちかきょう》が、たいそう内々に見そめられたのか、その女性が宮中から消え失せてしまったというので、探し求められた。二、三日はわからなかったが、まもなく具親の仕業ということが現れたので、天皇は意外なことで気にくわないとお思いになる。（井上宗雄全訳注『増鏡』講談社学術文庫）

後醍醐帝は、三十一歳、精力壮《さか》んな年齢である。本気で『源氏物語』の主人公・光源氏《ひかるげんじ》のように、須磨の浦へ流してやろうとおもったが、さすがにそこまではしなかった。

天皇の処分をうけた具親は、弟・基時（基明とも）にあとを託して、洛北は岩倉の山荘に謹《きん》慎蟄居《しんちっきょ》した。これに随従したのが、兼好であった。鎌倉と京都をつなぐロビイストであり、頭に「超」の字がつく家庭教師の側面が徐々に現れるが、いきなり徒然草に入ったからこのていどにとどめておく。

岩倉といえば門跡寺《もんぜきでら》の実相院《じっそういん》だが、兼好の時代には洛内にあり、当時あったのは大雲寺である。山肌に七堂伽藍《しちどうがらん》が建ちならぶ荘重なかまえで、一千人余の僧兵をかかえたという。応仁の乱（一四六七～七七年）で消失し、いまは小さな寺になっている。

箕《み》ノ裏《うら》ケ岳と瓢箪崩山《ひょうたんくずれやま》にいだかれた山里は、風もなく蒸し暑かったにちがいない。江戸時代にだされた絵入り徒然草の挿絵《さしえ》は、障子を開け放した草庵に、ひとり机にむかう兼好が描いてあったりして、いかにも隠遁者の「いみじげな」姿を彷彿とさせる。江戸時代の粋人《すいじん》は、兼好が庵をむすんで清楚に暮らしていたと想像したのだ。

だが、色恋沙汰で勅勘をうけた主人が蟄居中だとなれば、おもむきが一変する。草庵どころか、れっきとした貴族の山荘にふたりは悄然と暮らしていたのである。

兼好は、無為徒食《むいとしょく》をかこつ日々を、さてどうしたものか、と若き主人をおもんぱかる。お役目大事と心得てはきたが、傷心のひがな一日を過ごす具親が哀れである。なにか慰みごとはないか、と筆を執ったのが「つれづれなるままに」だったという。

「あやしうこそものぐるほしけれ」

兼好は、慰める相手・具親に、いささかへりくだって語りかける。

［第一段］いでや、この世に

［前段］ いやはや、この世に生をうけたからには、だれもが立派でありたいと願うことは多いようである。
天皇（後醍醐帝）のお位《くらい》は、まことに畏《おそ》れ多い。その御子《みこ》は、孫子までひとの種ではないところが、いかにも尊い。摂政（天皇の後見人）・関白（首相）は申すまでもなく、ただの貴族も、舎人《とねり》（警護役）などを差し遣わされるようなひとは、これまた大したものである。こうした身分の家にうまれた子孫は、たとえ官位が落ちたにしても、やはり優雅で上品である。それ以下のものは、あるていどは家格に応じて出世はし、得意を満面にうかべてうぬ惚れてはみるものの、つまらない感じのものである。

ポイントは、兼好が書き、これを読む相手が堀川具親という関係である。天皇の寵愛する大納言の典侍に横恋慕して罷免された具親の、おもしろくもない日々の座興であってみれば、たとえ他人からもらった手紙や経文の裏に書いても、さほどの問題はない。具親が読んでくれさえすれば、それで良いのである。

つれづれなるままに、と書きだした冒頭を、この随筆を書き終えたあとにつけたという説がある。これは、誤りであろう。相手は、一般読者を想定していないからだ。

「御前《ごぜん》、不躾《ぶしつけ》ながら、このようなものを書いてみましたが」と、具親に紙片をみせる。

この光景は、後刻、ふたたび描くことになろうが、岩倉の地は、堀川家代々の御霊《みたま》を祀《まつ》る菩提寺のあるところだった。

その祖父・具守《ともも り》が内大臣で従一位、曾祖父・基具《もととも》が太政大臣をつとめた家柄であってみれば、嘆き悲しむ理由などなにもない。御前は、生まれながらに「やんごとない」のである。

まして後醍醐帝はじめ皇族は、みな尊いお方ばかりで、ゆめゆめ逆恨みなどもっての外。今日、難局の渦中にある洛内などにとどまる必要もない。さあ、ごらんなさい。

［中段］　僧侶ほど羨ましくないものはありますまい。「世間からは、木っ端のように思われていることよ」と清少納言が書いているのも、なるほどと頷ける。勢いが盛んで、騒動をおこしたりするのを見るにつけ、尊敬できましょうか。増賀《ぞうが》上人（天台宗の高僧）が言われたと伝えるように、名誉に狂奔する僧侶の姿は、仏の教えに背いているようにさえ思われる。これに較べれば、ひたすら修行に励む隠棲者《いんせいしゃ》は、却ってこうありたいと願う姿でもありましょう。

具親は、隠棲者のような修行を日課としていたのであろう。そんなあいだにも、洛内では僧侶たちが騒いでいる。彼らのあさましさは、法門に仕える信仰者にあるまじき姿である。それに較べれば、ひたすら修行に励まれる御前は、理想的でありましょう。だから、つぎのようなひとになりなさいよ、と諭《さと》す。

［下段］　ひとは、かっこう良くありたいものだが、ものを言えば聞き苦しくなく、愛嬌があって口数の多くないひとは、いつまでも対座していたいものである。立派に見えたひとが、予想外にくだらない根性を覗かせたりすると、実におしい気がする。家柄や容貌は生まれつきでも、心は努力すれば賢くもなる。容貌や心根の良いひとでも、知性が乏しいと下品になり、悪い仲間に混じっても、眼中にもおかれず気圧《けお》されたりするのは、まことに残念な仕儀である。

身につけたいことは、本格的な学問をし、うまい文章を書き、和歌、管弦の道を究めることでありましょう。また、朝廷の歴史や儀式に通じ、ひとの模範となることこそ望ましい。字を書けばすらすらと上手に書き、酒席に座れば良い声で音頭をとり、酒をすすめられたならば、困ったふりをして辞退しながら、下戸《げこ》でないというのが、男として好ましいものである。

ここで兼好の意図がくっきりと見えてくる。

具親は、口数が多くて正直すぎる。酒は、斗酒《としゅ》なお辞せず。悪い仲間にくわわっても尊敬もされない。これではいけません。すこしは学問に精をだし、字を習い、朝廷において模範となるようになさいませ、と。そして政治談義に話がおよぶのである。

［第二段］いにしへのひじりの御代《みよ》

昔の聖天子の時代の政治を忘れ、民の憂いや、国の傾くのも忘れて、万事に奢侈《しゃし》を尽くして立派だと思い、傍若無人にふるまう為政者は、ひどく無能に見える。

「衣冠から馬、車にいたるまで、あり合わせを用いよ。華美を求めることなかれ」と、九条殿（右大臣・藤原師輔《ふじわらのもろすけ》）の遺誡《いかい》にあります。順徳院（順徳上皇）が宮中のことなどを書かれたものにも、「天皇のご着衣も質素をもってよしとする」とあります。

ひじりの御代というのは、醍醐帝（在位八九七〜九三〇年）と村上帝（在位九四六〜九六七年）の時代である。藤原師輔には『九条殿遺誡』があり、順徳帝には『禁秘抄《きんぴしょう》』があって、ともに宮中では質素倹約すべきと書いている。

後醍醐帝は、この醍醐帝の治世を模範とした。にもかかわらず、院政を敷いた後宇多法皇とその側近たちは、奢侈《しゃし》・横暴をきわめた。そのことへの痛憤ととれる。

だが、藤原師輔は、有職故実《ゆうそくこじつ》にすぐれた公卿である反面、「限りなき色好み」と、モデル小説『宇津保《うつほ》物語』（平安中期成立）の主人公・藤原兼雅とされた人物。十六歳のころには側室をもち、醍醐帝の皇女をつぎつぎと三人も妻としたプリンセス・キラーであった。しかし彼の死後、ふたりの天皇を輩出して家運を大いに高めるのである。

順徳帝もまた、有職故実にくわしかった。天皇親政にこだわった彼は、三代将軍・源実朝《みなもとのさねとも》が暗殺されると、後鳥羽上皇と共謀して鎌倉幕府打倒を唱え、承久《じょうきゅう》の乱（一二二一年）を引き起こして佐渡へ流され、佐渡院ともよばれた。それによって亡き頼朝の正室・北条政子が実権をにぎり、武家政権の強化ともなるのである。

おそらく兼好は、これらの歴史を知ったうえで、師輔と順徳帝が旨とした質素倹約の美徳のみを説いたのであろう。そして話は、具親の身の上になる。

［第三段］万《よろず》にいみじくとも

万事にすぐれていても、恋愛に夢中になれないような男は、やけに淋しくて物足りない、玉造りの盃の底が抜けたような気がする。

露や霜に泣きぬれて、ゆくあてもなくほっつき歩き、親の意見や、世間のうわさを気にして、心の安らぎもなく、あれこれ思案にくれて、さればと独り寝ばかりして、夜も眠れないというのがよろしいようである。

とは言うものの、むやみに淫《みだ》らな行為に走るのではなく、女に軽々しく思われないのが望ましい姿というべきでありましょう。

この段は、まさに具親への忠告である。男は、恋に夢中になり、夜も眠れないぐらいでちょうど良いのだが、淫らであってはならない、と自制を促すのである。

具親は、まだ大納言の典侍を忘れられないでいた。そのことは、『兼好法師家集』（岩波文庫）所収「兼好自撰家集」の、つぎの歌で分かる。兼好が詠んだ時期は翌々年の元応二年（一三二〇年）だが、具親の恋の病の重さを知るために、さきどりして紹介しておこう。

〈つらからば思ひ絶えなでさおしかのえざる妻をも強ひて恋ふらむ（辛くなると、諦めきれずに若い牡鹿《おじか》が、得られない妻をあんなにも恋こがれているのですよ―拙訳）〉

これは若い「牡鹿」と「かのえさる（庚申《かのえさる》＝元応二年）」、「叶えざる」をかけたもの。つまり、岩倉蟄居が解けるのは、元応元年の七月ごろである。その翌年に、兼好はこの歌を詠んでいる。通説では、兼好が「えざる妻」に恋い焦がれた歌とされているが、そこまで「思ひ絶えなで」いたのは、兼好ではなく、具親だったのである。

縁側で語りあう二人

ぼんやりと浮かぶ山の端《は》に、うす墨を切り裂く白銀《しろがね》の月がでている。
岩倉の夜は、すっかり秋である。虫の忍び音がものおもいを誘うぬれ縁に、月を見上げる堀川具親と兼好法師の姿をおもい描いてみるがよい。風流を愛《め》でるといった雰囲気ではない。具親は、依然として恋にうち悩んでいる。家名を汚したことも、気に病むところだ。兼好は、人生の先輩として静かに語る。

惚れたはれたの色事や、家名や出世などというものは、須臾《しゅゆ》の間のこと。永遠にあるべきものとおもっても、定めのないのが現世《げんせ》である。

「まろも、ご坊のように出家すれば、悟れるものかのう」と、具親がいう。

「いやいや、そうではございません」

と、応えながら兼好は、

「死後の世を心に念じて忘れず、仏道に通じているひとは、奥ゆかしいばかりではありますが」（徒然草・第四段）と。出家は、そのような動機でするものではございません。

［第五段］不幸に憂に沈める人

不幸にも憂いに沈んでいるひとが、頭を剃って出家など、軽はずみに思うのではなく、見るかげもなくひっそりと門を閉めてひきこもり、（官位の昇進などの僥倖を）待つことなく暮らすのが、望ましいのである。

源顕基中納言《みなもとのあきもとのちゅうなごん》（寵愛をうけた後一条天皇の崩御により罪なくして出家）が言ったそうだが、「流罪地の月を、罪なくして眺めたいものよ」とは、なるほどと思われる。

家や自分の将来をおもい悩まず、虚心坦懐《きょしんたんかい》にときを過ごしていればよろしいのです。

しかし源顕基がいうように、謹慎の身であってみれば、風流であるべき月さえも、悔悟と自責の念を湧きたたせるのであろう。いたしかたのないことではあるが。

「こんな境遇では、生まれてくる子供も不幸であろうなぁ」と、嘆く具親。まだ子宝に恵まれてはいないが、不遇をかこつ身であればこそ、行く末を案じるのである。

「なにをおっしゃるんですか。子供などというものは……」と、兼好は、慰めついでにつぎの段を書くのである。

［第六段］　わが身のやんごとなからんにも

わが身がたとえ高貴であれ、まして取るに足らない身分であっても、子供というものは、いないほうがよろしかろう。

前《さき》の中書王《ちゆうしよおう》（醍醐帝の皇子）、九条太政大臣《くじようのおおきおとど》（藤原信長）、花園左大臣（源 有仁《みなもとのありひと》）、みな一族の断絶を願っておられた。染殿大臣《そめどののおとど》（藤原良房）も、「子孫はいないほうが良い。末《すえ》が劣るのは、見ていられない」と、世継ぎの翁《おきな》の物語（『大鏡』）に言っておられる。聖徳太子がお墓をあらかじめ作らせられたときも、「ここを切れ、あそこを断て。子孫をなくしてしまおうと思う」と仰っていたとか。

この段は、愛別離苦《あいべつりく》やら五陰盛苦《ごおんじようく》のくびきから、具親を解き放つたとえ話であろう。肉親などというものは、現世の煩悩を生みだす原因にほかならない。また現世にしても、生・老・病・死の憂き世に過ぎません。なぜならば、と。

［第七段］あだし野の露

あだし野（京都・嵯峨の奥の墓地）に露が消えるときがなく、鳥部山《とりべやま》（京都東山の火葬場）の煙が立ち去らない（ほど頻繁にひとが死ぬ）ように、この世が、いつまでも住み通せる定めならば、さぞかし〝もののあわれ〟がないことになろう。世は、定めなきゆえに妙趣がある。

命あるものを見れば、人間ほど長生きするものはない。かげろうは夕方を待ち、夏の蟬は春と秋を知らずに死ぬ。静かに一年を暮すあいだにも、このうえなく長閑《のどか》にしていられる。飽きることなく（命を）惜しいとおもえば、たとえ千年を生きようとも、ひと夜の夢のごとく感じるであろう。永久《とわ》に生きられないこの世に、老醜をさらすときを迎えて、さてどうするのか。命長ければ恥も多い。長生きしたにせよ、せめて四十に満たない年齢で死ぬことこそ、見苦しくないであろう。

ある年齢を過ぎてしまえば、姿・形を恥じる心もなくなり、ひとの集まりにしゃしゃり出て行こうとし、夕日の傾きかけた歳をして子や孫をかわいがり、その将来まで見届けようと長生きを願い、ひたすら世情の貪欲をさらけだして、〝もののあわれ〟を感じなくなってゆくのは、まことに嘆かわしいことではありますまいか。

ここで兼好は、自らの美学を披露するのである。兼好の年齢については、後刻、まとめて検討を加えることになるが、ここでは定説の三十五歳にしておこう。四十まで生きれば満足だとした、兼好の心境だけわかれば充分だとおもう。そこで色欲について述べる。

［第八段］世の人の心惑はす

ひとの心を惑わすもので、色欲《しきよく》に及ぶものはない。ひとの心は愚かなものである。

匂いなどは実体のないものなのに、ちょっとのあいだ衣装に香を焚きこめたものと知りながら、いい香りには必ず心をときめかす。久米《くめ》の仙人が洗濯する女のスネを見て神通力を失ったように、まことに手足や肌などが清らかで美しく、むっちりと脂の乗った女は、本物の色香であるがゆえに、(仙人が雲から落ちるのも)さもありなんと思う。

この段は、原文を読んでも難しくはないが、最も妙味ある部分のひとつだろう。兼好は、たんに女体較べをして、野育ちの健康美を讃美しているのではない。学問を尊ぶ兼好は、教養ある宮中の女たちを評価している。しかし、大納言の典侍をあきらめきれない具親に、にわかに香を焚きこんだ匂いなどに惑わされるな、といいたいのである。つぎの段を読めば、そのことがより明確になる。

[第九段] 女は、髪のめでたからん

女は、髪の毛が美しいのがひとの目を惹《ひ》くものである。人柄・心根などは、ものを言う声だけで、物越しに聴いてもわかる。

なにごとにつけても、ちょっとした態度で男の心を惑わすように、総じて、女がゆっくりと寝るひまを惜しみ、(身を飾る)労苦を苦と思わず、(男が)真似のできない努力にさえ

堪え忍ぶのは、ひたすら恋愛に心がけているからである。

まことに色恋の道は、その根は深く、源《みなもと》は遠いものである。六根《ろっこん》（眼・耳・鼻・舌・身・意）から生じる欲望が多いといっても、みな俗世を離れて捨てることができる。そのなかで、ただ色恋の道だけが断ち切りがたいのは、老いも若きも、賢人、愚者でも、変わるところがないと見える。

だから、女の髪の毛を縒《よ》った綱には、巨象でさえもつながれると言い、女の下駄でこしらえた笛には、（発情した）秋の牡鹿《おじか》が必ず寄ってくると伝えている。自らを戒めて、恐れて慎むべきは、この誘惑である。


ときとして、兼好を恋愛上手と評するむきもある。また、相当な遊び人だったと想像するひともいたりする。しかし、具親が相手の物語りであれば、この恋愛論も別な意味をもつ。女の誘惑には要心せよという警句である。

岩倉の蟄居は、まだまだつづく。徒然草も書き継がれるのであった。

第二章　兼好は横浜生まれ

兼好出生の秘密

卜部兼好の誕生は、弘安六年（一二八三年）とされている。じつは、出生時期に関しては問題多しとするが、まずは出生の場所である。「京都」と「金沢《かねさわ》（当時の呼称。現横浜市金沢区）」の両説がある。一般的には、おおよそつぎのように書いてある。

〈鎌倉末期―南北朝期の人・随筆家。本名は、卜部兼好《かねよし》。出家ののち俗名を兼好《けんこう》と音読して法号とした。京都で生まれ、関東で若い時期をすごしたのであろう。父兼顕《かねあき》は治部少輔《じぶのしょうゆう》で、兄弟に大僧正慈遍《じへん》、兼雄《かねお》がいる。（桑原博史記）〉（『日本史大事典』平凡社刊）

この筆者の桑原博史は、筑波大学名誉教授。徒然草のほか『とりかへばや物語全訳注』（講談社刊）、『西行物語全訳注』（同）などを著しており、中世文学の権威のひとりである。その桑原が「京都」としている。これが「定説」なのである。

その根拠は、日本初期の系図集『尊卑分脈《そんぴぶんみやく》』（洞院公定《とういんきんさだ》編・南北朝―室町時代に成立）によれば、卜部家は、代々神祇官《じんぎかん》として宮廷に仕えた。平安中期の兼延《かねのぶ》の代に、一条院（在位九八六〜一〇一一年）から御名《ぎよめい》・懐仁《かねひと》の「懐」に通じる「兼」の字を賜って、代々「兼」を名乗るようになった。これが吉田神社の宮主《みやじ》家になった、としているからである。

兼延から八代目兼茂《かねしげ》のところで、兼名《かねな》が卜部本家からわかれて朝廷に仕えたが、兼名の子兼《かね》顕《あき》は、長子に天台宗の大僧正慈遍、次子に民部大輔《みんぶたいふ》（民政・財政担当次官）兼雄《かねお》、そして三子となる兼好をもうけた。ただこの『尊卑分脈』は、後世に書き改めたり追加したりしており、兼名からの分流は、問題視されてはいる。いずれにしても兼好は、京都生まれが定説なのである。

また筆者は不明だが、パソコンのデータ・ベース『兼好千人万首』にこうある。

〈藤原氏の氏社である吉田神社（京都市左京区吉田神楽岡町）の祠官《しかん》を代々務めた卜部氏の出身。治部少輔《じぶのしょうゆう》（家督・式典・外交の次官補）兼顕の子。母は執権北条貞顕の執事倉栖《くらす》氏の出という。兄弟に天台大僧正慈遍、民部大輔従五位上兼雄がいる〉

兄弟の上下はぼかしてあるが、やはり兼好の出生地は、京都。ただし兼好の母が「倉栖《くらす》氏」という部分には、注目しておく価値がある。

この定説に「待った」をかけたのが、『兼好発掘』の著者・林瑞栄《みずえ》であった。彼女の説によれば、倉栖兼雄が兼好の兄として登場する。そして「金沢の生まれ」とした彼女の研究が、兼好学界に大きな波紋を投げかけるのである。

兼好帰洛のとき

それは、ひょんな動機からはじまった。

昭和三十年（一九五五年）八月、林瑞栄は、神奈川県横浜市金沢区の金沢文庫をたずねた。

この金沢文庫は、北条実時《さねとき》、顕時《あきとき》、貞顕《さだあき》、貞将《さだゆき》の四代にわたって蒐集《しゅうしゅう》した書籍を所蔵し、一時は、隣接する称名寺《しょうみょうじ》に全国から学僧があつまって「金沢学校」とよばれた。

元弘三年（一三三三年）の北条氏滅亡後、徳川家康が江戸城内にうつした蔵書の多くは、現在宮内庁書陵部《しょりょうぶ》と国立公文書館に所蔵されている。それでもなお称名寺および塔頭《たっちゅう》光明院に残された書籍や古文書は、伊藤博文が境内に「閲覧所」を設けて公開。関東大震災でその建物は倒壊したが、昭和五年七月に出版人で私設図書館をもつ大橋新太郎の出資金五万円と、昭和の御《ご》大典《たいてん》事業の一環として神奈川県も同額出資し、図書館と郷土博物館を兼ねた県立「金沢文庫」として再建された。

この初代文庫長に招聘《しょうへい》されたのは、東京高等師範学校（現筑波大学）出の関靖《せきせい》である。教員として全国を転々としたあと、二年まえに平塚高等女学校を最後に県社会教育主事に転出したばかりであった。五十三歳だった彼は、ほとんど手つかずの古文書の山を整理・調査・解読につとめ、そのなかのひと握りが兼好関連である。

昭和二十一年、六十九歳で文庫長を引退。そして開庫直後から司書をつとめた熊原政男にその席を譲った彼は、『金沢文庫の研究』（昭和二十六年四月。大日本雄辯會講談社刊）によって、昭和二十八年には日本学士院賞を受賞し、なおも研究をつづけていた。

林瑞栄が訪れたのは、関の余生ともいえる、この時期である。

私は、その少し前まで、一関《いちのせき》にある短大で、徒然草を読んでいた。読むとはいっても、ただひとの考えを伝えることしか出来ない私は、これを読みつづけることをやめた。徒然草を読むことはやめたが、その後も、冨倉（徳次郎）博士の『兼好法師研究』で知った、卜部兼好の書状と、「兼好帰洛之時云々」という文句のある書状とが、金沢文庫で発見されて、所蔵されているという一事は、何故か心にかかっていた。（林瑞栄著『兼好発掘』）

林瑞栄は当時、岩手県一関市にある修紅《しゆうこう》短期大学国文科の助教授をしていた。裁縫《さいほう》学校を母体とした同短大は、昭和二十八年四月に開学したばかりで、幼時教育、食物栄養、家政学の三学部をもっていた。東京の実践女子専門学校を退職して十五年、子育てにおわれていた彼女は、ひさしぶりに教壇に復帰したのである。

彼女が母校東北大学に恩師・岡崎義恵教授を訪ね、「古典文学の講座で徒然草の講義をすることになりました」と報告したところ、「あれは、いったい文学だろうか」と、岡崎がいった。岡崎は、日本文芸学の権威だった。この恩師のナゾのような宿題は、ずっと彼女の胸に重くのしかかっていた。金沢文庫の訪問は、それから二年半後の夏休みである。

岡崎の宿題に敗れた、といった心境。林自身の表現を借りるならば、〈徒然草読みに、いわば惨敗して、この書物とわかれるについて、そのわかれの挨拶をするため〉（『兼好発掘』）の訪問だった。

　彼女が「心にかかった」という「兼好帰洛之時」の書状は、金沢の称名寺を訪れていた兼好が、京都へ持ち帰った手紙を受け取ったと、だれかが寺の住持《じゅうじ》・釼阿《けんあ》に書き送ったというもの。それがどのようなものかを、自分の目で確かめたかったにすぎなかった。

　冨倉徳次郎が『兼好法師研究』を著したのは、昭和十二年（一九三七年）四月である。その訂正増補版がでたのが昭和十七年十月であった。そして昭和二十二年（一九四七年）九月に丁《ちょ》子屋《うじや》書店より復刻され、「兼好帰洛之時」の文言は、その本の追記に、

〈近頃、金沢文庫で発見された古文書に兼好の動静を伝へたものがある。それは書状の断簡一葉である〉

　と紹介された。それには以下が記されているが、とりあえず前半部を読み解く。

　　俊如御房《しゅんにょごぼう》上洛之便《びん》（元弘三年四月）、去月十一日御状、兼好帰洛之時、同十二日禅札《ぜんさつ》、各委細承候了、極楽寺長老入御当寺、目出候、又大殿卅三年御仏事如法経《にょほうきょう》以下、重畳《ちょうじょう》之由承候了（以下略）。

　（俊如御房が上洛のときに持参された先月十一日のお手紙と、兼好が帰洛のときにもたらした翌十二日の手紙を拝見、おのおの委細を承知しました。極楽寺の長老が当寺に入御、めでたくおもいます、また大殿の

三十三年忌の法要も如法経以下、大変に結構との由承りました――拙訳）（『金沢文庫古文書』所収「兼雄書状」）

断簡《だんかん》（文書の切れ端）だから、日時と宛先などは不明である。だがこれをみた冨倉は、

この書状に見える「大殿」とは称名寺の主北条顕時で、その子貞顕が、この父顕時の三十三回忌を行つた頃、即ち正慶《しようきよう》二年（南朝暦では元弘三年。一三三三年）の書状とわかるが、（顕時は正安三年（一三〇一年）三月二十八日没である）、しかもこの書状によると、この頃兼好が称名寺から京都に帰つてゐることが推定できるのである。（冨倉著『兼好法師研究』）

と、書状の傍注を参照し、自説を訂正したのである。

訂正が間違いだった

運命という天の声は、ときおり皮肉ないたずらをする。

林瑞栄は、冨倉徳次郎が自説を改めると書いた「追記」に惹《ひ》かれた。その追記には、〈元弘の乱（一三三一年）の頃の兼好の動静を、延政門院一条との贈答歌から考へて、都にゐたと推量したが、この書状によると、元弘二年（正慶元年）の頃は鎌倉に下つたと見るべきだ

といはなくてはならない〉（冨倉著『兼好法師研究』）とある。

冨倉は、東京帝大理学部で学び、京都帝大の国文科をでた、当時の中世文学における俊英の学者であった。戦前・戦後をつうじて、冨倉の『兼好法師研究』は、いわば教科書的な存在であった。それを改めさせた「兼好帰洛之時」の断簡を、ひと目みてから、林瑞栄は徒然草読みをやめようとしていたのである。

彼女がさがし求めた断簡は、展示室にはみつからなかった。

もし、展示してあったならば、おそらく彼女は、「兼好帰洛之時」を一瞥して帰っただろうし、徒然草とも決別していたのかもしれない。彼女は、二階の展示室から階下におりた。

〈事務室の入口で用件を言うと、司書の熊原政男氏が対応に出られて、すぐ一旦姿を消した。現れた氏の手に書状らしいものはなく、大型の白い表紙に「金沢文庫古文書」とある仮綴《かりと》じの本があった〉（『兼好発掘』）

「ちょっと待ってくださいね」

といい置いて、二代文庫長の熊原政男がだしてきた『金沢文庫古文書』の「武将篇第一」に、その断簡はあった。整理番号「五五四　兼雄書状」とある。つづいて彼は、「欠名書状篇」の一冊をもってきた。

おん申しあげばし候はゞ、うらべのかねよしとふじゆにも申上げさせ給ひ候へ……
とよめた。氏の指先のゆかぬ冒頭の部分には、
びんぎをよろこび候て、申し候、さてはことしおんてゝの七ねんにて……
と見える。「あの書状も、兼好……というのも、そしてこれも、みんなあの徒然草の……なのでしょうか」という私の問いにすぐに答えをせずに、熊原氏は、またもう一冊、なかに「尼随了諷誦文《あまずいりょうふじゅもん》（仏事の際、導師が読経後に趣旨や供物を読みあげる文）」というのが収められてある『文庫古文書』の「仏事篇上」を示された。（「序にかえて」『兼好発掘』）

最初の「欠名書状」には、「申し上げたいことは、うらべのかねよし（卜部兼好カ）と諷誦《ふじゅ》にもお書きくだされ」と。「卜部兼好カ」と傍注したのは、初代文庫長の関靖である。

その冒頭は、「おたよりを喜びまして申し上げますが、今年は父親の七回忌でございまして」と。前後をつなげば、父親の七回忌だから、諷誦文には「うらべのかねよし」と書いてください、となる。

「この随了尼というのが、こちらの仮名書状のかき手ですか」

と、林は問うた。欠名書状のかき手が「諷誦文」の願主に関係がありそうなだし方だった。

「まだ、そうとは言えません」と、熊原が応える。

それにしてもこの古文書は、しめやかに心にしみることばの向こうに、愛情こまやかな女性の姿を窺わせ、六百年余の時空をこえて身近に迫ってくる。そして金沢文庫には、こうした肉声が整理されて収められているのである。ちなみに金沢文庫の古文書には、基礎資料となるオリジナル版のほか、上下二巻の図録版、一部を解読して二冊にまとめた古文書篇、図版を除いたオリジナルのすべてを印刷した普及版などがある。

この限定五百部で出版した全十九輯《しゅう》からなる普及版は、昭和二十七年三月に第一輯をだし、昭和三十九年に完了。昭和三十年夏の段階では、「欠名書状篇」ほか第七輯「所務文書篇」まででしか進んでおらず、彼女が見せられたという第八輯「仏事篇　上」は、編集途中か、あるいは昭和三十一年三月に刊行されたあとに見た記憶と重なった可能性がある。いずれにせよ、彼女が論文を書く昭和三十二年秋には間に合っている。

〈この時、長身黒衣の白頭翁が、しずかに、私達の背後をはすかいに過ぎてゆくのを見た〉

（『兼好発掘』）

偶然にも、ふたりのうしろを、病み上がりの関靖が通りかかったのだ。

この年六月に日本大学から文学博士号を授与された関は、七十八歳だった。学士院賞につづく栄えある博士号の授与式は、病臥中の彼に代わって妻の年子が出席した。ようやく小康をえて、たまたま文庫に現れたのであった。ついに林瑞栄は対面して挨拶を交わすことなく、関は三年後の八月に他界する。その間、彼女は、八通もの手紙をやりとりして最後の教えを乞うことになるのである。

当時四十七歳だった彼女にとっても、不思議な出会いであった。

東北帝大の人脈

明治四十一年（一九〇八年）一月一日、静岡県富士宮市に生まれた林瑞栄は、実践女子専門学校（のち実践女子大学）をでると、東北帝国大学法文学部を受験。そして、合格。昭和七年（一九三二年）三月に卒業し、同大学院に籍をおきながら、昭和八年四月には母校実践女子専門学校の教授にむかえられている。

翌九年三月、やがて瑞栄と結婚する矢板竹二が同大学哲学科を卒業。栃木県矢板市に生まれた矢板竹二は、山形中学を卒業したあと、ダンテの『神曲』を翻訳した山川丙三郎《へいざぶろう》を慕って東北学院に学び、東北帝大に進んでからは作家・哲学者の阿部次郎に師事した。

卒業直後、ふたりは東京で再会している。そして昭和十一年ごろに結婚。結婚後の姓を「林」とした。学年では瑞栄がふたつ上だが、年齢では竹二が一歳上である。当時ではめずらしい学者夫婦が誕生。ちなみに林竹二は、のちに宮城教育大学学長になっている。

昭和十二年に長男・謙作を出産した瑞栄は、昭和十三年三月、実践女子専門学校を退職。つづいて次男・周二、長女・志乃が誕生。教職歴は、ここで中断している。

また林竹二は、昭和二十四年に東北大学第一教養部助教授に登用され、昭和二十八年四月には、教育学部教授に昇進している。

さて、横浜から仙台の自宅にもどった瑞栄は、東北大学にあった『金沢文庫古文書』を竹二に借りだしてもらい、関靖が二十年の歳月をかけた研究書『金沢文庫の研究』を買いもとめて、検証をはじめた。

そのころ彼女の家では、長男の謙作が東北大学の受験勉強中であった。彼女は、古文書の重要な部分を夫にマイクロフィルムに撮ってもらい、それを仙台と一関の短大に通う車中や、台所のテーブルで勉強するのであった。ここでもうひとつの出会いが彼女を待っていた。東北帝大の恩師・山田孝雄《よしお》である。

山田の経歴は、いささか変わっている。明治八年（一八七五年）八月、富山市に生まれた彼は、家庭の事情で尋常中学を一年で退学し、明治二十八年（一八九五年）には、独学で小中学校教員検定試験に合格。兵庫、奈良、高知などで中学校教員をつとめながら、明治三十七年（一九〇四年）に東京帝大へ博士論文「日本文法論」を提出。そして文部官僚から日本大学文学部講師になるのが、大正九年（一九二〇年）である。そして翌年には同大学国語科の主任教授に就任。東北帝大講師に招聘されるのが大正十四年四月。二年後には、教授に昇進している。

昭和四年（一九二九年）に、ようやく二十五年前に提出した論文が認められ、文学博士号授与となる。当時の逸話として、東京帝大には彼の斬新な文法論を評価できる教授がいなかったという。その空白の年月は、今日流にいうギネスブックものだろう。

そして昭和八年（一九三三年）三月には、定年退官している。

林瑞栄が教えをうけたのは、最後の数年間である。山田は、専門の古文の文法学にはじまって、奈良・平安朝の古典、古事記、万葉集、平家物語、源氏物語、徒然草、そして幕末の国学、古写本の複製にも功績があり、古文書の解読と考証、哲学にいたる博覧強記《はくらんきょうき》の異能の持ち主であった。

東北帝大のあと神宮皇學館大学学長を歴任して貴族院議員に勅選された山田は、戦後は公職追放をうけて東京で逼塞《ひっそく》していた。そこに救いの手を差し伸べたのが、阿部次郎であった。

阿部は、東京帝大哲学科をでたあとに書いた『三太郎の日記』が大ベストセラーとなって作家として名をなしたが、文部省の在外研究員としてヨーロッパに留学。一年後の大正十二年（一九二三年）に帰朝してえた職が、東北帝大に新設された法文学部教授だった。さきに紹介した岡崎義恵も、このとき東京帝大から助教授として着任している。

西洋哲学が専門だった阿部は、教壇では美学を担当した。そして二年後に、山田が同帝大法文学部に赴任。阿部によるニーチェ著『ツアラッストラ』やゲーテ著『ファウスト』の翻訳はつとに有名だが、西洋一辺倒だった彼の作品には『徳川時代の芸術と社会』（改造社刊）があり、連歌や俳諧、万葉集などの研究書に山田との共著がある。この時期に山田孝雄の薫陶をうけたのは、まちがいなかろう。

阿部は、山田よりも八歳若かった。昭和二十年に定年退官したが、日本文化研究所を設立する腹案があり、実績のある山田を仙台に呼び寄せ、学恩に報いたのである。

昭和二十四年、仙台に居をうつした山田は、国語辞典の編集に専念。昭和二十八年には文化功労者を、四年後には文化勲章を受章というあいだに、林瑞栄が訪ねたのである。

山田の存在は、瑞栄の研究にとって不可欠であった。ところが彼女は、

> 大学での先生の講義は、単位を取るだけで終ったし、自ら思い立って教えを乞うつもりの徒然草読みも、自分の勉強不足で中断する、そういう私に先生は、徒然草のことをお願いした日に、前田家所蔵の兼好家集と、うらに兼好の自筆短冊の収めてある宝積経要品《ほうしゃくきょうようほん》の、何《いず》れも尊経閣《そんけいかく》（前田家所蔵の文庫）複製本をお貸し下さった。（『兼好発掘』）

という準備段階で、すぐに取りかかれる態勢にはなかったのである。

老学者・山田孝雄の奮起

断簡「兼好帰洛之時」の六文字は、瑞栄を釘づけにした。
ここで「兼好帰洛之時」の後半部を読み下しておこう。

　ねんごろな御追善は、さだめし有意義でしたでしょう。こちらにおきましても、当日をむかえて、ささやかな供養を行い、覚守僧都《かくしゅそうず》が導師をされ、金玉《きんぎょく》を吐くありがたい読経をあげてもらいましたが、その間の子細は省略します、兼雄はまた、寺用の綿ならびに所々の未納の年貢などの取り立てなどのこと、厳密に沙汰いたすべく申し（以下欠）

断片的ながら、「大殿」の三十三年忌が金沢の称名寺と京都で営まれ、京都から「兼雄」なる人物が、金沢に書状をしたためているのがわかる。「寺用の綿」などの年貢は、金沢称名寺宛てのものであろう。関靖が「去月十一日」に付した傍注《ぼうちゅう》には、「元弘三年（一三三三年）四月」とある。そして関は、以下のように解釈している。

　この書状の意味は金沢称名寺で、この三十三回の遠忌を行つたことを感謝すると共に、京でも当日覚守僧都を迎へてその小仏事を行つた旨を報じてゐるのである。だからこの書状から兼好帰洛の時期を察すると、正慶二年（元弘三年）四月中旬以降で、金沢を去ったのは四月上旬頃であつたらうと考へられる。兼好は観応元年（一三五〇年）六十八歳で卒去してゐるから、金沢を去つたのは五十一歳であつたことが知られる。（『金沢文庫の研究』）

このあと関は、幕府崩壊（一三三三年）の断末魔を描いている。

関靖が年代設定の決め手としたのは、〈大殿卅三年御仏事〉である。傍注に「顕時」としてある。金沢顕時は、正安三年（一三〇一年）三月二十八日に五十四歳で没している。それから数えて三十三回忌を迎えるとなれば、元弘三年（一三三三年）三月となる。「去月十一日」の俊如御房の手紙にしたためた、兼雄の返書によってそう解釈したのだ。

ところが、断簡にある筆者「兼雄」は、関の著『金沢文庫の研究』に付した年表には、文保二年（一三一八年）の条に〈5・3、倉栖洒掃助《くらすさいそうのすけ》（掃部助《かもんのすけ》とも）兼雄卒去。（推定、兼雄ハ貞顕ノ執事）〉と記してある。

元弘三年四月には、兼雄はすでに、この世のひとではなかったのである。

関靖にとって、千慮《せんりょ》の一失《いっしつ》。完全な矛盾である。

もちろん、関らが整理・解読した『金沢文庫古文書』の膨大な作業の労苦からすれば、重箱の隅のスミをつつくような誤りである。また関の著『金沢文庫の研究』には、べっとりと固まった紙片の山を一枚一枚ほぐし、難解な資料は先学を訪ねて教えを乞うて確定したとも書いている。それは生半可な仕事ではなかったし、事実、新資料の発見によって、文庫史の定説をくつがえしたりもした。

林瑞栄自身も、〈この博士のお仕事のまさに九牛《きゅうぎゅう》の一毛《いちもう》〉（『兼好発掘』）と述懐しているように、万余におよぶ全仕事からすれば、ほんの数ページに収まる量である。こんな些細な部分を突いてごめんなさい、といった彼女の声が聞こえてきそうだがしかし、兼好を研究する側にとっては、あまりにも無造作なミス・リードにおもわれる。

すでに冨倉徳次郎も、これに立脚して自説を訂正し、類書にも引用されて新たに定説化している。この矛盾を、いま、だれかが改めなければいけないのである。

彼女は、書状の年代を疑ってみた。すると「大殿三十三年御仏事」の「大殿」は、金沢顕時ではなく、建治二年（一二七六年）十月二十三日に卒去したその父・実時の三十三年忌になる。

さらに断簡を捜すと、兼雄の書状があり、延慶元年（一三〇八年）十一月十八日の日付が確認できた。「兼好帰洛之時」は、二十五年ほど遡り、兼好二十五歳のときとなる。

糸口をみつけた瑞栄は、さっそく山田孝雄《よしお》を訪ねてテーマに触れずに質問する。

「面白いなぁ」

と、徒然草を研究したことのある八十歳の老学者は、彼女の視点に関心を示すのである。

再点検が必要と考えた彼女は、マイクロフィルムに撮った古文書をもって山田のもとに日参した。残念ながら彼女は、古文書解読の訓練を受けていなかった。自分の読解が正しいかどうかさえも、自信がなかった。彼女にたいする山田の対応は、じつに寛大だった。蛇足かもしれないが、その寛大さ加減を伝える逸話がある。

山田には、九人の子供がいた。男四人のうち三人までが国語学者になっている。その長男で日本大学教授になった山田忠雄がなにかの随筆に、

「父から教えを受けることはなかった。中学のとき、あることを聞いたら、答えの代わりに、これを読めといって、ドッサリ本を渡されたことがあったので、避けていたせいもある」

と、書いているそうだ。

ところが、林瑞栄には逆に、

〈解読の問題から、文書の内容の問題、関連事項の詮索まで相手になって、一緒に考えて下さった。（中略）関先生がなされた解説を改めて読んでみて、私が一つの問題に出会ったのは、こうした山田先生通いの間のことであった〉（『兼好発掘』）

と、老学者の最後の奮起に後押しされた彼女は、とんでもない結論に達するのである。

金沢北条家の祐筆・倉栖兼雄

鎌倉幕府は、京都・六波羅《ろくはら》に南北ふたつの探題《たんだい》と、九州に鎮西《ちんぜい》探題を置いた。鎌倉末期から室町期にかけて奥州、羽州《うしゅう》にも設けたが、六波羅探題は、国司の裁判、朝廷の監視、皇位決定のとりつぎ、治安維持などの出先機関であり、かつては京都守護とよばれた。

探題は、その役職名であり長官をいう。また幕府には、執権《しっけん》、連署《れんしょ》、探題、評定衆の順に重職があり、探題歴任者は、連署・執権に任命される出世コースであった。

北条家は、得宗《とくそう》家（本家）を中心に九流の一族がある。金沢北条家は、その一流であり、当主・金沢貞顕《さだあき》は、乾元《けんげん》元年（一三〇二年）に六波羅探題南方《みなみかた》に就任。これに付き従って上京したのが、同家の祐筆《ゆうひつ》・倉栖《くらす》兼雄《かねお》である。この祐筆は、家老職である。兼雄の父「倉栖某」も祐筆として仕えており、親子二代にわたって主家の身近にいた。

金沢貞顕は、延慶元年（一三〇八年）の暮れに交代して関東にもどる。

兼雄が書いた「兼好帰洛之時」は、この帰郷直前の書状、と林瑞栄は解釈した。その説も数年後、金沢文庫の主事・高梨みどりによって崩され、大殿の三十三回忌が一年はやめて営まれ、「帰洛之時」も一年遡ることになる。

いったんは評定衆に就任した金沢貞顕は、またも六波羅探題北方《きたかた》に任命されて延慶三年（一三一〇年）に上洛し、倉栖兼雄も随従している。五年後の正和四年（一三一五年）、貞顕は帰郷して連署に就任。そして三年後、倉栖兼雄は、不慮の死をとげるのである。

あらたな問題は、この倉栖兼雄の死期であった。

林瑞栄は、これを解くために『金沢文庫古文書』の「仏事篇　上」にある「尼随了諷誦文《あまずいりょうふじゅもん》」と「平氏女諷誦文《へいしおんな》」に注目した。いずれも関靖が傍注を施している。

前者は「元亨《げんこう》四年（一三二四年）五月三日」と日付があり、傍注に「本状ハ倉栖掃部助兼雄ノ七回忌ニ用ヒシモノナリ」とある。随了尼は、兼雄の母である。後者には「元徳《げんとく》二年（一三三〇年）五月三日」とあり、傍注に「倉栖掃部助兼雄ノ十三回忌ニ用ヒシモノナリ」とある。平氏女は、兼雄の妻と目され、北条家一門の出身とまでは想像できるが、素性は明らかにされていない。これらふたつの諷誦文の日付から逆算すれば、倉栖兼雄は、文保《ぶんぽう》二年（一三一八年）五月三日に死去したことがわかる。

これが兼好にとってどんな年だったか、みなさんはもう、お忘れかもしれない——。

煩雑をさけて「吉田」の姓をつかえば、吉田兼好が、若い主人・堀川具親に随従して岩倉に蟄居し、徒然草を書き始めたとする、あの年の五月三日である。

文保二年二月二十六日に践祚《せんそ》された尊治《たかはる》親王は、三月二十九日には即位して後醍醐帝と名乗る。それに先立つ三月九日、堀川具親は、皇太子に冊立《さくりつ》された邦良《くになが》親王の春宮権大夫に就任し、出世の道がひらけようとしていた。それにかさなる倉栖兼雄の死である。

〈このため兼好一時下向か〉と、林瑞栄は『兼好発掘』の年表に書くが、それを裏づける手紙も歌も、いまだ「吉田兼好」の資料として発見されていない。

もちろん、金沢文庫には吉田兼好の真筆が数点あり、徒然草にも「かねさわ」が登場して足跡をのこしている。だから縁が深いとわかるのだが、兼雄と「うらべのかねよし」は兄弟か、「兼好帰洛之時」の兼好と「吉田兼好」は、同一人物なのか、このふたつの課題は、まだ充分に解決されたとはいいがたいのである。

うらべのかねよしは兼雄と兄弟か

林瑞栄は、兼雄と「うらべのかねよし」が兄弟かどうかを確認する作業に入った。

さきに挙げた、〈うらべのかねよしとふじゆにも申上げさせ給ひ候へ〉（「欠名書状篇　一」）とあるのをみた林瑞栄が、「随了尼がこの仮名書状のかき手か」と問うたのにたいして、熊原政男は、「まだ、そうとは言えない」と、ことばを濁した。

もともと随了尼の書状として確率が高いとされたが、確証のない代物だった。

その「欠名書状」の解読文は、

〈さてはことしこ《(故)》御てゝ《(父)》の七ねんにて候（中略）、四郎太郎かとふらひ候ふん《(分)》にて候へく候、御中あけはし候はゝうらへのかねよし《(卜部兼好カ)》とふしゆ《(諷誦)》にも申あけさせ給候へ（以下欠）〉

となっている。ここに登場する「四郎太郎」は、書状原本と照合した林瑞栄は、「四ろう」

の読み違いと判断した。なお原本ならびに資料原文は、濁音に読むべきところを当時の習慣として清音を用いている。従って以後は、随時、濁音にする。

本来ならば、父の七回忌は息子の「四ろう」が弔《とむら》うべきだが、ここは施主の名前を「うらべのかねよし」にしてほしいという。この「四ろう」がカギである。

林瑞栄は、それを『金沢文庫古文書』の第七輯「所務文書篇　全」にみつけた。元亨《げんこう》三年（一三二三年）の「下総国下河辺庄築地郷地頭職訴陳状案《しもうさのくにしもこうべのしょうつきじごうじとうしょくそちんじょうあん》」に登場する。

この事件については後述するが、倉栖掃部助四郎が土地（のちに「年貢米」と判明する）を押《おう》領《りょう》したという訴状にたいして、被告のあずかり知らない濡れ衣だとして、公訴の棄却を要求した倉栖四郎が書いた陳述書の案文の、末尾を欠いた断簡である。ここに兼雄には「四郎」という息子があったことが窺い知れる。つまり、「うらべのかねよし」の甥になる。

この訴訟騒動は、兼雄の七回忌をいとなむ前年に起きた。これにまきこまれた倉栖四郎では不都合だから、ここは「うらべのかねよし」が代わって施主になるように、と読める。

こうして母随了尼と兄の倉栖兼雄、そして弟の「うらべのかねよし」がつながった。ここに卜部兼好の母は〈執権北条貞顕の執事倉栖氏の出〉（『兼好千人万首』）と付合させれば、ゆえに「吉田兼好」となるはずだが、そうもかんたんにコトは運ばないらしい。

兼雄の「七回忌」と傍注した「仏事篇　上」所収の「尼随了諷誦文」をみると、本文はすべて漢文で書かれ、仏事の施主も、「うらべのかねよし」ではなく、「弟子比丘尼《びくに》随了」となっている。

その文面には、仏事をされる精霊《しょうりょう》（兼雄）は、父の業をついではずかしめることなく、二代の賢太守《けんたいしゅ》（金沢顕時と貞顕）に仕え、早くに片親になって孝養をつくした。それが、「齢纔《よわいわずか》に不惑に過ぎて、変、須臾《すゆ》に生まる」とあり、精霊は、四十過ぎに急変して亡くなったことが窺い知れる。

さらに諷誦文はつづくが、原文の読解には微妙な訂正が施してあり、本腰を入れた山田孝雄の手がくわわっているのは、明瞭である。林瑞栄も、〈文書の解読や、関連事項の究明については細大となく山田孝雄先生の御教示を蒙った〉（『兼好発掘』）と書いている。師弟の二人三脚である。

以下の諷誦文を、最小限にことばを補足して読みくだしてみる。

> あまつさえ、又ときに、村落に居して、その死さえ知ることなく、空しく葬儀の後に、ただ冷たくなった遺骨を手におさめる。ああ、若きは先立ち、老人はおくれる。天の神が最も不公平な相違《あいたが》いを謀《はか》られ、盛んなるが去り、衰えたるが留まる。悲しい愛別がひとの定めとは、なんと空しいことか。ゆったりとした春の日、のどかに坐ってこれをおもえば

痛恨は胸を裂く。耿々《こうこう》とした秋の夜、眠られずこれを愁《うれ》えて暗然と心をとざす。なんということか、七十余歳の晩年になって、かぎりなく深い恨《うら》みに沈もうとは。(以下略)

京都にいた随了尼は、金沢で行われた兼雄の葬儀に戻れなかった。だから、だれかが持ってきてくれた息子の遺骨を抱いた。

あれから六年のあいだ、京都で悲しみに沈んで暮らした随了尼の日々を、そばで眺めてきた諷誦文の筆者がいる。その筆者は、七回忌には金沢にいたのだ。それが兼雄の弟「うらべのかねよし」だったと読める。この「うらべのかねよし」と、吉田兼好とがどのように符合するのか、まだ解決の目途《めど》は立っていなかった。

先生、だいじょうぶでしょうか

昭和三十二年秋、林瑞栄は、岩波書店が発行する専門誌『文学』の徒然草特集に執筆することになった。研究をはじめて、二年あまりが過ぎていた。

この発表の場を紹介した人物がいる。その特定はむずかしいが、彼女は、同論文に付した謝辞に、山田孝雄と関靖、それに東北大学を定年退官し、東京・神田一ツ橋にある共立女子大学に再就職した岡崎義恵の名を挙げている。

岡崎は、「あれが文学だろうか」と、徒然草を揶揄《やゆ》した教授である。〈灸治《きゆうじ》あまたところになりぬれば〉［第百四十七段］とか、〈四十以後の人、身に灸を加へて三里《さんり》をやかざれば〉［第百四十八段］とかいう、生活の知恵ともいうべき実用の文章をおもいだした彼女は、いささかシュンとなってひきさがったことがある。そして岡崎は、昭和三十年三月に退官して、居を浦和にうつしていたのである。彼女は、岡崎にたいして、〈迂愚《うぐ》の弟子は、先生への答えをこんな風にしてさがしたのだと理解されるものなら幸い〉（『兼好発掘』）と書き、〈「文学だろうか」に答えるまでに至っていない〉（同）と弁解する。

彼女には、いくらかこだわりがあるようだが、岡崎は、戦前から戦後にかけて、みずからの著作をつうじて岩波書店との関係は深かった。また、共立女子大から歩いて五分という距離に岩波書店があれば、弟子の発表にひと役かってもおかしくはなかった。

ただ、この年十一月に文化勲章を受章した山田にも、「倭漢朗詠集《わかんろうえいしゆう》」（『文学』所収）の論文があり、岩波との関係がまったくなかったわけではない。可能性としては岡崎が高いが、山田の存在も無視できないのである。

林瑞栄に与えられたスペースは、わずかに六ページ。ほかの執筆者・松本新八郎が十七ページ、小山敦子の十四ページに較べてかなり見劣りはするが、はじめて発表する機会をえた林瑞栄は、いくつかの疑問を金沢文庫の関靖に確認しておく必要を感じるのである。

彼女は、論文の主題に「兼好伝の一資料について」とつけた。関が読み解いた『金沢文庫古文書』は、いわば基礎資料として不動の存在であり、数ある兼好ならびに徒然草研究者が疑義をさしはさむ余地もなければ、議論の対象にさえならなかった。それだけに要心してかからなければ、大恥をかくことになる。

林瑞栄は、関宛てに手紙を書いた。

三十三回忌の「大殿」を金沢顕時とした場合の矛盾と、金沢実時とした場合の合理性を確かめるためだ。そして関からは、昭和三十二年十一月四日付の返信ハガキが届いた。

拝啓御説の如く大殿を実時に充てること出来候はば万事好都合に解決する様に考へられ候、覚守僧都の在世年月など分明《ぶんめい》させ度《たし》と存候、それにて案外手易く解決するにては無之《これなき》哉《や》…（中略）…祖父を大殿と称したる例ある哉《や》が問題に候へども、その点さへ支障なくば、小生も正慶説を延慶説に改めたく存候（『兼好発掘』所収）

兼雄の死期の矛盾はともかく、ねらい通りに「実時」をあてれば都合よく解決するだろうが、覚守僧都が不明ということと、祖父を大殿と呼んだ前例の有無が問題である。それがクリアできれば、自説にこだわらず「実時」説に改める、と関はあくまでも慎重である。

これをうけた林瑞栄は、夫の竹二に相談したであろうし、山田孝雄のもとで反論の余地を検討したであろう。なにせ相手は、金沢文庫の生き字引である。いかなる資料が手許に残されているか。ことによったら、瑞栄の論拠が一気に崩される可能性がある。ちなみに山田は、敗戦直前まで文部省の国史編修院長を歴任し、国史の資料がどのように取捨選択されるかを熟知している。ここは彼女に、コトを慎重に運ばせたと考えられる。

彼女は、ふたたび質問した。

四日後、十一月八日付関の返信に、その内容が窺われる。

——処で小生が何故「大殿三十三年」を顕時三十三年にこだはつているかといふ点でありますが、大殿といふ言葉は私の考では殿の父上と解釈して何《ど》うもそれを改めることができぬことに災しているためと考へられ候も大殿を祖父に適用している例有之《これあり》候はば御教示願度《ねがいたし》と存候、（以下略）（同）

関は、この無名の林瑞栄をぞんざいに扱わなかった。そこが研究者として偉いところだ。

この返信から察するに、彼女は「なぜ顕時にこだわっておられるのか。根拠をお聞かせください」と、訊いたのであろう。関は、顕時を大殿と称した前例を調べてみたが、みつからなかっていたのだ。そして、それをつぎの手紙にしたためたのであろう。逆に彼女は、大殿は実時の呼び名であり、顕時は「故殿」と呼ばれていた前例を把握していた。

さらに五日後となる、十一月十三日付の返信がとどいた。

拝啓詳細の御書面逐一拝読仕《つかまつり》候、大殿の件あまりこだはる様には候へども今に合点《がてん》致《いたしかね》兼候、史料の先生方にもいろいろ問合せ居候へどもかかる例は極めて稀にて判明致さず候、覚守僧都を調べ居候へども、今に見当り不申困《もうさずこまりおり》居候、この入滅年月でも分り候はば自《おのずか》ら解決致すにはあらず哉《や》……（下略）（同）

関は、文庫を研究する学者に問い合わせ、かつ「兼好帰洛之時」の筆跡が倉栖兼雄と合致するかどうか、再度、原本を確認してみた。そして兼雄の真筆と判定し、その兼雄がすでに死去している事実を認めざるを得なかった。だが覚守僧都の詳細が判明すれば、また違った展開があるかもしれない。老学者の文面には、真相を解明する真摯な姿と、長年の定説が崩されることへの苦渋がにじみでている。

林瑞栄は、いよいよ執筆にとりかかった。そして昭和三十二年十二月、彼女の論文を掲載した『文学』（昭和三十三年一月号）がでた。

〈こうした考えに至るまでの推究上の要点を、私は、山田先生にもお話しすることで、自分の考えの正否を確かめながら、一文にまとめて、その掲載誌を先生にお届けした〉（『兼好発掘』）

すべてが解決したわけではなかったが、ひとまず問題提起だけはしておいた。真新しいインクの匂いが嬉しかったにちがいない。だが、責任の重さを感じる。

「先生、だいじょうぶでしょうか」

必ず反論がでるにちがいなかった。

「あなたの考えはあれでいい。まちがってはいない」

といいながら、山田孝雄は受け取ったという。

関靖も林論文を読み、大方の所論をとりあえず正当と認めたが、まだ覚守にこだわりをもっていた。昭和三十三年一月早々の、林瑞栄宛のハガキがそれを物語っている。

〈覚守僧都を調べ居り候へども今に見当らず困り居候〉（一月十三日付）

関は、正月をなげうって文庫の古文書にあたっていたのである。

彼女は、本腰を入れて研究する覚悟を決めた。

覚守は堀川家の養子

大殿の三十三回忌は、彼女のなかでは解決ずみだった。しかし、関が提示した覚守僧都の追究と、「うらべのかねよし」が「吉田兼好」と同一人物かどうかを検証しなければ、「兼好帰洛之時」は、ほんとうの意味で落着とはいえない。

昭和三十三年三月、彼女は、勤めていた修紅短大を辞めた。

いっぽう関は、機関誌『金沢文庫研究』に三回にわけて「兼好と金沢氏との関係について」を執筆し、縷々《るる》兼好の足跡を紹介した。最後となる原稿は、こんな書きだしである。

〈ところでここに一つの疑義がある。仙台の林瑞栄女史からの注意もあつた。それは前に引用した俊如房上洛之便云々の書状の筆者である(以下略)〉

この筆者は、文面のようすから察すれば兼雄以外の者としなければならないが、この筆跡は兼雄に似ている。そこでこの書状は「兼雄が金沢貞顕に代わって書いたもの」と、従来の兼雄書状説を改めなければならない。そうすれば大殿の三十三回忌は、顕時の父実時のものと推定せざるを得ず、従ってこの書状も延慶元年としなければならないのだが——。

関は、あらゆる兼好の史料を挙げ、懸命に研究者諸氏の新情報をまつのである。これが絶筆となった関靖は、同年八月に死去。享年八十二だった。また山田孝雄も、関のあとを追うように、同年十一月に病没。八十四歳であった。

奇しくも林瑞栄は、ふたりの老学者に最後の仕事を強いる結果をまねいた。しかし彼女の問題提起は、自身のあたらしい研究にはずみをつけるのである。

彼女が着手したのは、関靖が突き止めようとして成し得なかった、覚守なる僧都の究明である。僧都とは、僧正につぐ階位だからけっこう高い身分だ。

林は、兼好が最初に勅撰集に入集した『続千載和歌集《しょくせんざい》』のなかに「法印覚守」の名前を発見した。「法印」とは、僧都のことである。その詞書《ことばがき》にこうある。

《後二条院の法会が行われ、集まった人々が十首の歌を詠ませていただいたのですが》と。

後二条院の法要にでる縁者だった。そして詠んだ歌が『続千載和歌集』に撰ばれた。

〈みゆきとは聞きなれしかどこの山のけふりをはてと思ひやはせし（御幸とは聞いてはおりましたが、この山の煙を最期と思ったでしょうか。いいえ、思いません――拙訳）〉

後二条帝は、堀川具守の娘・基子《きし》（西華門院）が産んだ邦治親王であり、詳しくは後述するが、兼好とは同じ堀川家の屋敷で暮らした仲である。その帝が崩御して供養の歌会に兼好も出席している。そして覚守法印も、なんらかの縁で詠歌に加わっていたのである。

林瑞栄が調べた結果、覚守は堀川具守の養子であった。つまり、堀川家と金沢家は、つながっていた。だから、大殿の三十三回忌に京都の仮法要の導師をつとめたとしても、なんら不思議ではなかったのだ。さらに詳しい関係、例えば兼好の出家にも覚守が関わっていたことなどが明らかになるが、ここではロビイスト兼家庭教師の兼好が、しっかりと都の人脈を築いていたていどを認識してもらえば充分であろう。

金沢生まれの兼好は、どのようにして都の上流社会に溶け込んで行ったのか。つぎの問題は、その真相の究明にほかならない。

第三章　かねさわの別業

鎌倉幕府誕生

ここは、鎌倉幕府の草創期から概説しておきたい。これを把握しておかなければ、金沢生まれの兼好が宮廷と縁をもつにいたる経緯や、徒然草の記述が理解できないからである。

元暦《げんりゃく》二年（一一八五年）三月、源氏の棟梁・源頼朝は、鎌倉に武家政権を樹立した。それ以降、日本の政治は、公家・寺社の勢力を背景とする朝廷と、武家を代表する源氏の棟梁・征夷大将軍による幕府の二頭立てになった。

頼朝が病死して、弱冠十九歳の頼朝の長男・頼家が二代将軍になると、外祖父・北条時政の主導によって有力御家人《ごけにん》による合議制になった。そして頼家を失脚させて次男の実朝《さねとも》を三代将軍に祭り上げた時政は、執権職を設けて幕府を取り仕切った。

これに怒ったのは、頼朝の妻・北条政子であった。

「父上っ。なにを勘違いしてるのよ。頼朝の血脈があっての幕府でしょ。わが子・実朝をないがしろにして、全国の武家がついてくると思ってるの!?」

と、いったかどうか。しかし情況としては、このようなものだ。

もとはといえば、安達盛長ら数名の家臣とともに伊豆で流人暮らしをしていた頼朝に、一目惚れした政子が、他家に嫁ぐ直前に嵐を衝いて駆け落ちしたのが始まりである。長女が生まれて不承不承に婿と認められた頼朝は、天下に号令して平家を倒してしまった。平家の流れで伊豆の小豪族・北条家ではなしえない、サラブレッドの血統である。

元久《げんきゅう》二年（一二〇五年）閏《うるう》七月、政子は、父・時政を排除し、弟の北条義時を二代執権にして有力御家人をたばねた。ところが建保《けんぽう》七年（承久元年。一二一九年）一月、その実朝が暗殺された。ここで男系の血脈が断絶したのである。

安達盛長の嫡子・景盛は、実朝の菩提《ぼだい》を弔って出家し、納骨した高野山禅定院《ぜんじょういん》（のちの金剛三昧院《こんごうさんまいいん》）にこもって修行三昧に入ってしまった。

将軍の代行は、北条政子。執権は、弟の義時である。政子が「尼将軍」と呼ばれ、将軍を意味する「鎌倉殿《かまくらどの》」と称せられるのは、このためである。

一刻もはやく次期将軍を必要とした幕府は、後鳥羽上皇の皇子・雅成《まさなり》親王（順徳帝の弟）を迎えるよう上申した。ところが、北面の武士（上皇の警備隊）にくわえて西面の武士を養い、幕府打倒の機会を窺っていた上皇は、雅成親王を将軍にたてる条件として、寺社の荘園を采配する地頭の廃止と、処分された上皇の家臣を無罪放免するよう要求した。

これを許せば、幕府の権威が失墜する。次善の策として幕府は、摂関家のひとつ九条道家の子・三寅《みとら》（のちの藤原頼経《よりつね》）を迎えることにした。これを発案したのは、三寅の外祖父・西園寺公経《きんつね》だといわれ、これが原因で朝廷と幕府の対決となる。

ここに「承久《じょうきゅう》の乱」が起きるのである。兼好が誕生する六十数年まえのできごとだが、鎌倉と京都の関係をしるうえで重要な事件である。

承久三年（一二二一年）四月、三寅の鎌倉下向《げこう》をまえに、後鳥羽上皇を支持する順徳帝は、懐成《かねなり》親王に譲位。新帝・仲恭《ちゅうきょう》天皇の摂政には、近衛家実《いえざね》をのけて親王外戚の九条道家をつける。微妙な立場に立たされた九条道家が見守るうちに、倒幕運動が顕在化した。

同年五月十四日、後鳥羽上皇は、「流鏑馬揃《やぶさめぞろ》え」を名目に、北面・西面の武士団をはじめ在京・近在の武士一千七百騎をあつめた。そのなかには、小野盛綱《もりつな》、三浦胤義《たねよし》といった在京の有力御家人もふくまれている。さらに京都守護の大江親広《ちかひろ》を強引に味方につけた上皇側は、西園寺公経を幽閉してしまった。

いちはやく西園寺は、密書を家司《けいし》の三善長衡《みよしながひら》に託して鎌倉に急変をしらせる。

御家人や諸国の守護、地頭らに義時追討《ついとう》の院宣《いんせん》（上皇の命令）を発した上皇は、翌十五日、上皇側の総大将・藤原秀康に命じて、義時の後妻の兄である京都守護・伊賀光季《みつすえ》邸を襲撃させて戦端をひらいた。このとき上皇は、倒幕軍に錦《にしき》の御旗《みはた》を掲げさせた。これが錦の御旗の嚆矢《こうし》である。

わずかな手勢で奮戦した伊賀光季は、密使を鎌倉に走らせてみずからは討ち死に。そして上皇側は、鎌倉方の有力御家人の切り崩しに院宣の使者を派遣するのである。さきに到着したのは、西園寺と伊賀光季の密使だった。

風雲急を告げるこの事態を憂慮した安達景盛は、高野山から鎌倉に駆け戻った。

同月十九日、御家人をあつめた尼将軍・政子のかたわらに立った安達景盛は、

「鎌倉殿の恩顧を忘れるなっ」

と、用意した檄文《げきぶん》を読み上げ、上皇方との決戦を宣明するのである。

そこへ上皇の院宣をたずさえた使者が到着し、鎌倉方はその使者に「宣戦布告」の書面をもたせて追い返すのであった。

同月二十二日、鎌倉の軍勢は、東海道、東山道、北陸道の三方にむけて発進。三軍の総大将となった義時の長男・北条泰時と泰時の叔父の時房は、手勢わずか十八騎を率いて東海道へと出撃。安達景盛は、泰時軍にくわわって陣頭にたっている。かつて景盛の父・盛長は、頼朝に加勢するよう全国の武家を説得して平家を壇ノ浦においつめた側近中の側近、頼朝の身代わりともいうべき功臣であった。政子が安達家を信頼するのは、幕府創設になくてはならない存在だったからである。今回は、景盛が泰時を盛り立てる役目を負っていた。

東海道を西進する泰時軍は、たちまち十万騎にふくれあがり、東山道軍を率いる武田信光の軍勢は五万騎に、北陸道の北条朝時《ともとき》軍には四万騎があつまって、途中、上皇の院宣をうけた軍と戦いながら京都へ進軍するのである。

そのころ九条三寅を乗せた駕籠《かご》は、わずかな手勢に守られて鎌倉へむかった。次期征夷大将軍に予定された彼は、二歳の幼児だった。

北条金沢家の誕生

錦の御旗を掲げた上皇軍は、各地の戦闘に総崩れとなり、京都の入口宇治川に布陣して迎え撃つことにした。鎧甲《よろいかぶと》に身をかためた上皇は、比叡山の僧兵に協力をもとめたが、ひごろ寺社を圧迫してきた上皇軍に荷担するものはいなかった。

こうしてむかえた六月十三日、豪雨で増水した宇治川の橋をおとした上皇軍は、楯のかげから一斉に矢を射かける。三軍を統率する泰時は、上皇軍に射させるだけ射させると、翌十四日朝には、宇治川を渡河して京都になだれこむのであった。

いっぽう御所に逃れた上皇は、門をかたく閉ざし、かけつけた藤原秀康、三浦胤義、山田重忠ら味方の諸将を追いかえすと、「謀反を企てた謀臣を逮捕せよ」と、院宣をしたためて幕府軍に使者をだすのである。

敗れた胤義と重忠は自害し、奈良に逃れた秀康は、やがて斬首にされて一件落着。のこるは、上皇とその皇統の処分であった。

兼好は、徒然草第二段〈いにしへのひじりの御代〉に、順徳帝の『禁秘抄《きんぴしょう》』を引用して「宮中では質素倹約すべき」と書いたが、順徳院はこの承久の乱により佐渡へ、後鳥羽院、土御門院以下一統は隠岐島に流されて、仲恭《ちゆうきよう》帝も廃された。

幕府は、後継の天皇に壇ノ浦で最期をとげた安徳帝の皇統となる、行助《ぎようじよ》法親王の子・茂仁王《ゆたひとおう》を立太子ぬきで帝位につけ、後堀河天皇とした。

そして幕府軍の総大将だった泰時と時房は、京都守護を廃して六波羅探題を新設し、北方に泰時、南方に時房が就任して、皇位継承をふくむ朝廷の監視と裁判、警護の権限を増大させるのである。さらに没収した領地や荘園を御家人の恩賞とした幕府は、曲がりなりにも全国を掌握するのであった。

貞応《じようおう》三年（一二二四年）六月、二代執権・義時が毒をもられて急死した。ここで次期執権の跡目と、九条家の三寅に擬せられた四代将軍職をめぐって伊賀氏の変が起きる。ちなみに、北条一門の「得宗家」が本家を意味するようになったのは、義時の法号が「得宗」だったからとされている。

この事件は、義時の後妻・伊賀の方が実子・北条政村の執権就任と、娘婿であり西園寺公経の猶子《ゆうし》でもあった公卿・一条実雅《さねまさ》を将軍に擁立しようと、伊賀氏の兄・光宗が画策したものという。政子が仲裁に乗りだし、六波羅探題北方から北条泰時を呼び戻して三代執権にすえ、一条実雅を流罪にしてことなきをえたが、はしなくも北条政権の脆弱さを露呈する結果となった。

このとき家督を相続した泰時は、遺領配分《いりようはいぶん》では弟妹に多く与え、自分に少なくした。

伯母の政子が、

「あなたは長男なんだから、もっと取りなさい」

というのを、側室・阿波の局を母にもつ泰時は、

「わたしは、執権の身ですから」

と、遠慮したという。阿波の局については、御所の女房と伝えるだけである。御家人の後ろ盾をもたなかったのか、泰時は、なにごとにも控えめで公平を期するのである。翌嘉禄《かろく》元年（一二二五年）六月、有力幕臣・大江広元が没し、七月には政子が死去した。

強力な支援者をうしなった泰時は、六波羅探題南方の叔父・時房を呼び戻して自分とおなじ執権の資格を与え、次位の連署、さらに評定衆による集団合議制にした。そして嘉禄二年（一二二六年）には、八歳になった三寅に藤原頼経を名乗らせ、七年間空白だった将軍職を埋めるのである。

ここに金沢家が誕生する。

金沢家の初代は、執権泰時の弟・実泰《さねやす》である。六浦庄《むつうらのしよう》金沢《かねさわ》村を与えられたのは、泰時による遺領配分で、その年の元仁《げんにん》元年（一二二四年）九月五日、十七歳の実泰に長男・実時《さねとき》が誕生している。そして寛喜《かんぎ》二年（一二三〇年）三月、実泰は、二十三歳で小侍所《こさむらいどころ》の別当（長官）に就

任。四年後には、実時にその職を譲り、みずからは詩歌の世界に隠居する。

実時が六浦庄を譲られるのは、実泰が引退した文暦《ぶんりやく》元年（一二三四年）のころという。

金沢村は、鎌倉より山をこえて二里（八キロ）の先にある。

歌川広重が描く金沢八景の「称名晩鐘《しようみようばんしよう》」には、こんもりと樹木の茂る海べりにひっそりと漁師の集落があり、背後の浅間山（別名金沢山）中腹には称名寺の伽藍が点在している。実時が家督を継いだころは、ただ深くえぐれた入江が南にひろがる鄙《ひな》びた村であった。

ここを拠点に、金沢家の文武両道の家風が形成されていくのである。

関靖は、その功労者として九条道家に命ぜられて鎌倉へ下向した、京都の儒者・清原教隆《きよはらのりたか》の名を挙げる。教隆が将軍・頼経の奉公人となったのは、仁治《にんじ》二年（一二四一年）である。そして文応元年（一二六〇年）八月十六日の鶴岡八幡宮《つるがおかはちまんぐう》の放生会《ほうじようえ》の見物桟敷において、実時が教隆の「令義解《りようのぎげ》」の訓説をうけた記録が最後という。

文永二年（一二六五年）七月、六十七歳で京都に没する教隆の鎌倉滞在は、二十数年におよんだ。その間将軍は、頼経からその子の頼嗣へ、建長四年（一二五二年）には宮将軍・宗尊《むねたか》親王へとはげしく入れかわる。

ここにもうひとり、金沢実時に近侍した「卜部兼名」という神官がいる。

卜部氏と倉栖氏

卜部兼名が伊勢国から鎌倉へ下向したのは、清原教隆とおなじころという。金沢文庫の古文書には現れない人物である。

これを指摘したのは、叢文社《そうぶんしゃ》会長・伊藤太文《たもん》である。出版業を営む伊藤は、約三千点の歴史関連書を出版するいっぽう、『徒然草発掘　太平記の時代一側面』（叢文社刊　以下『徒然草発掘』と略す）などの共著をもつ、在野の歴史家である。

この卜部兼名は、嫡子・兼顕から倉栖某へ、そしてそれを父とする兼雄、兼好《かねよし》、兼清《かねきよ》（のちの慈遍）の三兄弟におよぶキーマンである。

以下の記述は、『徒然草発掘』所収の伊藤論文をとりまとめたものである。

『吉田家日次記《ひなみき》』（吉田神社宮主家四代の日記）の、応永七年（一四〇〇年）四月一日の条に、「卜部兼名」が関東に下向した記録がある。平文にして一部に原文を用いる。

> 勢州と号するは卜部の一統であり、先祖は兼直《かねなお》朝臣《あそん》の弟で兼名の後裔である。伊勢神宮に奉献する使者のとき、代官となって沙汰をつたえた。しかし「兼」の字を号せず。斎宮《さいぐう》の宮主《みやじ》のとき、当代の長者と申し上げ、代々「長」の字を用い、建武のころは長員《ながかず》である。〈兼名《かねな》者《は》仁治《にんじ》寛元之《かんげんの》比《ころ》奉公《ほうこう》関東《かんとう》〉、在国のあいだは、代官の職名を用いた。

伊藤が強調するところは、〈兼名者仁治寛元之比奉公関東〉である。兼名は、仁治《にんじ》（一二四〇年）から寛元《かんげん》（一二四七年二月、宝治《ほうじ》に改元）のころまで、関東に奉公していたのだ。

私の先祖は、鎮西探題引付衆《ちんぜいたんだいひきつけしゆう》の長門掃部左衛門尉長義《ながとかもんさえもんのじようながよし》の流れでしてなぁ、伊勢の卜部兼名の孫にあたるんです。従って長義は、兼好の父の倉栖某とは従兄弟になります。長門氏は、やがて厚《あつ》氏を名乗り、卜部氏の原姓藤原にかえって伊勢か伊予、伊豆のいずれかわかりませんが、卜部姓が分布する地名から一字をとって伊藤になったわけです。

伊藤は、兼名の子・兼顕の兄弟が倉栖氏の猶子となって金沢実時に仕え、それが兼雄、兼好、兼清らの父・倉栖某になった、と推理している。

倉栖氏の由来について関靖は、六浦庄を支配した豪族「久良岐《くらき》」氏の転訛ではないか、としている。古代律令国家時代に「倉樔《くらす》」と称する租税や官有物を納める建物や場所があり、国司が管理していた。したがって倉栖氏に似た呼称は全国にある。たまたま六浦庄の場合、地元の「久良岐」氏が北条家に仕え、「倉栖」を名乗ったという説である。

金沢文庫の主任学芸員の永井晋は、著作『金沢北条氏の研究』（八木書店刊）において、

〈倉栖氏は、下総国北部を苗字の地とした武士で、北条実時が宝治合戦後に下河辺庄地頭職を獲得した後に、金沢家の被官になったと思われる〉

と、例の倉栖四郎が土地係争にまきこまれたあたりを推定し、倉栖某が被官する時期も宝治《ほうじ》合戦《かっせん》（一二四七年）以降としている。もっとも永井は、卜部兼好と倉栖氏との関係を否定しており、林瑞栄が兼好法師研究へと発展させた責任も初代文庫長の関靖にあるとし、

〈郷土金沢の歴史と伝承に深い関心を寄せた関靖が、近世に形成された兼好伝説の罠にはまり、昭和の『徒然草』研究を大きく混乱させることになる事実誤認をしてしまったのも、実証主義に対する甘さがあったためであろう〉（同書「金沢貞顕とその周辺」脚注）

と、手厳しく批判している。

いまのところ林瑞栄の唯一といえる擁護者・伊藤太文は、卜部兼名から倉栖某、そして兼雄と兼好につながる資料を探す段階だが、ほとんどが推理の域をでない。

「だが、しかし」と、伊藤は卜部系図を読み解くのだが、「吉田神社の宮主家・卜部氏は、平野社と粟田社の宮主に分流し、兼名はその平野社の宮主であり、伊勢斎宮の宮主を兼ねて京都と伊勢を往復した」という部分に注目して、ひとまず鎌倉に話をもどそう。

悩ましい将軍の血統

仁治三年（一二四二年）六月、名君とされた三代執権・北条泰時が死去した。後継にたてられた嫡孫・経時《つねとき》は、十九歳と若い。いっぽうの将軍・頼経は、二十四歳に成長し、有力御家人の信望をあつめていた。四代執権・経時を支える御家人にとって、いままで操り人形だった将軍・頼経の人気上昇が悩みのタネになった。

鎌倉における源頼朝の血統は、三代将軍・実朝で絶えた。そして将軍家と北条氏とをつないだのが、頼朝の正室・政子である。そして迎えた九条三寅すなわち藤原頼経は、頼朝と同腹の姉妹・坊門姫《ぼうもんひめ》のひ孫であった。かろうじて女系で血脈がつながったのである。

一条能保《よしやす》の正室となった坊門姫は、四人の子をあげた。ひとりは九条良経《よしつね》の室、ひとりが西園寺公経の室となって、九条家に道家が、西園寺家に綸子《りんし》が、生まれた。その綸子と道家のあいだにうまれた三寅が、四代将軍・頼経である。

政子亡きあと、将軍の父・九条道家と外祖父の西園寺公経は、そろって幕府と朝廷のパイプ役である関東申次《かんとうもうしつぎ》を務め、おのずと将軍の重要性がたかまってきた。それが、幕閣を二分する勢力になってきたのである。

頼朝恩顧の御家人には、頼朝の血統は北条得宗家いじょうに特別な感情があった。ここに政権を独占しようとする執権派と将軍派のあいだに確執が生じ、頼経がみずから傀儡《かいらい》を脱する意思をもつことによって対立が表面化する。

寛元二年（一二四四年）四月、幕府は、頼経を外してわずか六歳の嫡子・頼嗣《よりつぐ》を五代将軍の座につけ、翌年七月には執権・経時の妹で十六歳になる檜皮姫《ひわだひめ》を正室に入れた。これによって北条得宗家は将軍の外戚となり、からくも将軍派の矛先をかわすのであった。

寛元四年（一二四六年）三月、病臥《びょうが》していた経時は、弟の時頼に執権職をゆずる。そして同年閏四月、経時が他界。これを好機とみた将軍派は、鎌倉にとどまっていた前《さきの》将軍・頼経をまつりあげ、政権奪取を画策するのである。

九つの庶流にわかれた北条氏一門には、得宗家の専横に反対するものもいた。その筆頭が執権泰時の弟・北条朝時《ともとき》を祖とする名越《なごえ》氏の光時であり、これに評定衆の重鎮らがつづく。彼らの背後には、北条氏と肩をならべる三浦泰村《やすむら》の弟・光村がついていた。

鎌倉は、一触即発という険悪な空気につつまれた。

同年（一二四六年）五月のある深夜、甲冑《かっちゅう》で身をかためた武将が群集という噂がとんだ。将軍派内に動揺がはしった。そして五月二十四日の真夜中、とつじょとして地震が襲った。

翌二十五日朝、時頼は、街道筋をすべて遮断して将軍派を封じ込めた。

執権・時頼を支えるのは、北条政村、金沢実時、安達義景ら御家人である。中立の立場をとった御家人筆頭の三浦泰村は、心情的には将軍派であった。もともと身分の低い小豪族の北条家など、将軍家の外戚でなければ、ものの数ではなかったのである。

謀議の発覚をさとった名越光時と弟の時幸は、すぐさま出家して降伏。時頼の私邸にあつまった有力御家人は、頼経ほか将軍派の処分を決しようとしたが、三浦泰村の態度が曖昧だったために結論がだせなかった。

旬日をへずして名越時幸が自決したのを機に、三浦泰村の弟・家村が時頼をたずねて恭順の意を表した。名越光時の所領を没収して伊豆国への配流を決め、そして七月には、前将軍・頼経も京都へ追放する処分がなされた。これに随従した三浦光村は、

「かならず、ふたたび鎌倉にお迎えします」

と、涙ながらに約束をかわして別れたという。これがやがて執権・時頼に報告されて物議をかもすことになるのだが、ひとまず騒動は未然に防がれたのである。

九条道家は失脚し、関東申次は西園寺公経の子・実氏《さねうじ》だけとなった。しかし儒者・清原教隆は、そのまま将軍・頼嗣の奉公人兼侍講となり、また卜部兼名も、伊藤太文が指摘するように、神官として鎌倉に残ったとおもわれる。

武力衝突こそ免れたが、疑心暗鬼《ぎしんあんき》の雰囲気は依然としてつづいた。

宝治の乱

明けて宝治元年（一二四七年）、金沢実時は、金沢の地に「六浦別業《べつぎょう》（別邸）」を建てた。「金

沢別業」ではなく「六浦」としたのは、金沢がまだ知られていなかったからという。別邸を設けたのは、その年一月に実時の鎌倉邸が火災に見舞われ、それを機に蒐集した漢籍などの図書類を金沢に移したのではないか、と関靖は推測している。しかし、それだけの理由ではなかった。年始めから、鎌倉市中に不吉な事件が頻発していたからである。

予兆は、一月末に起きた。異常発生した羽アリが鎌倉市中を埋め尽くした。くわえて得体不明の光が飛んだとか、由比ヶ浜の潮が血の色にそまったとか、さらには黄色い蝶々が乱舞した、ひとの死骸のような大魚が浜に流れついたなどなど、過去において戦乱が起きる兆候とされる不吉な事件が、連続したのであった。

同年四月、高野山金剛三昧院にいた安達景盛が久方ぶりに鎌倉にもどった。承久の乱から数えれば二十五年ぶりだが、その間に政子の死、ふたりの孫の執権就任という葬祭に列席して存在感を示していた。だが今回だけは、趣を異にしていた。

その直前であろうか、兼好は、生まれる三十年あまりまえの逸話を徒然草に書いている。

［第百八十四段］**相模守時頼の母**

相模守時頼《さがみのかみときより》（五代執権・時頼）の母は、松下《まつした》の禅尼と言われた。時頼をお招きになったことがあったが、煤《すす》けた障子の破れだけを、禅尼は、手ずから、小刀で切りとって張っておられたところ、兄の城介《じょうのすけ》義景《よしかげ》（秋田城介安達義景）は、その日の準備に走り回っておられたが、「こちらにさせて戴いて、某《なにがし》と言う下男に張らせましょう。そのようなことに得意なものでございますから」と仰せになったところ、「その下男は、私の細工にまさか勝ってはおりますまい」と言って、なおも、一こまずつ張っておられたので、義景は、「全部、張り替えたほうが、遥かに簡単でございましょう。まだらなのは見苦しくなりませんか」と重ねて言われたので、「尼《わたし》も、あとでさっぱりと張り替えようと思いますが、今日だけは、わざとこうしておくべきですよ。物は破れたところだけを修理して用いることだと、若いひとに見習わせて、心にとどめさせるためですよ」と言われたのは、大変にありがたい言葉であった。

世を治める道は、倹約を基本とする。女性ではあるが、聖人の心に通じる。天下を治めるほどのひとを子にもたれた、まことに、並のひとではなかったと言うことである。

松下の禅尼は、安達景盛の娘であり、前執権・経時と現執権・時頼の母である。自宅に時頼を迎える準備をしていると、実兄の安達義景がぜんぶ張り替えろという。しかし禅尼は、切り貼りを止めなかった。質素倹約のたとえ話だが、ここに、父・景盛が高野山から戻り、孫の執権・時頼と密談の予定があったとすれば、話の展開はまったく異なってくる。頼朝の流人時代をわずかに知る景盛は、贅沢をきらったからである。

まさに宝治の乱（一二四七年）が始まろうとする前夜である。

三浦氏は、幕府創設いらいの最大の御家人であり、このところ時頼との対立が激しくなってきた。しかも安達氏の当主となった嫡男・義景は、本来ならば執権の次席にすわるはずのものを、従来どおりに三浦泰村の風下《かざしも》に置かれ、それを咎《とが》めるものさえいなかった。こうした処遇に甘んじる息子の義景や孫の泰盛が不甲斐なく、老齢をおして鎌倉に戻ったのであった。

景盛は、執権・時頼と長時間話し込んだ。

「このさい、三浦一族を殲滅《せんめつ》すべきである」

とでも密談したのであろうか。しかし、時頼は、三浦氏との融和策をとった。

四月下旬、太陽に暈《かさ》があらわれた。これも合戦の予兆である。

これらを後鳥羽上皇の怨霊のたたりとした時頼は、鶴岡八幡宮の山頂に御霊社《みたましゃ》を建立して鎮静化をはかり、三浦泰村の次男・駒石丸《こまいしまる》を養子に迎えて姻戚関係を深めようとした。

ところが状況は、さらに悪化。五月中旬には、病の床に臥していた将軍・頼嗣の正室・檜皮姫が、加持祈禱の甲斐もなく他界するのである。

時頼は、三浦氏との決戦を避けるために、三浦泰村の屋敷に身をおいて喪に服したが、安達泰盛が武備をかためて臨戦体勢をとり、これに応えるように三浦光村は各地の所領から武具をあつめている、といった報告がつぎつぎにもたらされた。

六月五日、事態を深刻にうけとめた時頼は、得宗家の御内人《みうちびと》である内管領《ないかんれい》・平盛綱《たいらのもりつな》を三浦泰村の館に派遣して、和義をとりまとめた。ところが、

「いざ、出陣っ」

内管領をだしぬいた安達泰盛の軍勢は、三浦泰村邸を急襲して火をかけた。受け身となった三浦泰村は、徹底抗戦を主張する光村を退け、源頼朝の御影《みえい》を祭った法華堂に集結し、御家人五百余名がうちそろって自決して滅亡するのである。

これを宝治の乱とも三浦氏の乱ともいうが、このとき将軍の館をまもっていた金沢実時は、二十四歳。二十歳の執権・時頼を支えて幕府の重鎮となっていくことになる。

兼好の出生

宝治の乱から五年が経ち、いよいよ兼好の兄弟を産むことになる随了尼が誕生する。建長《けんちょう》四年（一二五二年）前後だ。もちろん、史料にはない。そこで伊藤太文の計算方式を参考に割り出してみる。

倉栖兼雄七回忌の「尼随了諷誦文」には、七十歳を過ぎた随了尼が嘆き悲しんでいた。不惑を過ぎた兼雄が他界したとき、母は最低でも六十四歳。つまりは、二十四歳で出産していなけ

ればならない。そこから逆算すれば、建治二年（一二七六年）の出産。倉栖某との結婚は、その一、二年まえと仮定すれば、随了尼生誕は、ちょうどこの時期に比定《ひてい》できるはずである。なお、これから兼好兄弟の年齢は、伊藤説に準じた満年齢にする。

文永十一年（一二七四年）十月、八代執権・北条時宗は、元寇《げんこう》をむかえて撃退した。このとき安達泰盛とともに執権・時宗を支えた金沢実時は、翌建治元年（一二七五年）には、六浦の別業に隠居して嫡男・顕時に家督をゆずる。この年の某月に、倉栖某と随了は、結婚するのである。そして一年後となる建治二年（一二七六年）の某月某日、兼雄が誕生。

祝賀に沸いた倉栖家とは逆に、同年十月二十三日に主家・金沢実時が薨去。これが林瑞栄のいう「大殿」である。主従の違いはあるが、兼雄は、「大殿」の年忌子《ねんきご》になる。

二年後の建治四年（二月弘安に改元。一二七八年）某月某日、兼好が誕生する。つまり兼好の年齢は、法金剛院の過去帳から割り出した年齢に五歳を加算することになる。ちなみに金沢顕時の嫡男・貞顕は、兼好と同年の誕生である。そして三男・兼清（慈遍）が弘安三年（一二八〇年）の誕生と比定して、時代背景を考えてみる。

二度目の元寇（一二八一年・弘安の役）を天佑神助《てんゆうしんじょ》によって撃退した幕府は、三年後には執権・時宗が病没。しばらく安達泰盛の嫡男・宗景《むねかげ》が執権代理をつとめたあと、弱冠十四歳の時宗の嫡男・貞時《さだとき》が就任。ここで幕府は、ふたつの問題をかかえ込んだ。

ひとつは、御家人に対する恩賞である。元《げん》との戦いでは、恩賞となる領地がなかった。しかも三度目の元寇に備える御家人は、一族郎党を養うために借上《かしあげ》（質屋）や問丸《といまる》（両替商）から領地または年貢米を担保に多大な借金をした。その返済に窮して領地を奪われ、揚げ句の果てに婦女子を身売りする御家人もでる始末だった。

ふたつには、執権を支える得宗家の被官、つまりは「頼朝の恩顧」をしらない内管領《ないかんれい》の台頭である。とりわけ両戦役の陣頭にたち、勇猛果敢に戦った平頼綱《たいらのよりつな》は、かつて宝治の乱において執権・時頼の特命で三浦泰村と和議にこぎつけた御内人《みうちびと》・平盛綱の後裔である。この御内人の首座が内管領になる。

彼らは、あくまでも得宗家の権威をまもるサラリーマンの立場にあり、領地をもって幕政に参与しない代わりに、借上や問丸を庇護し、貸金の取立てを請け負ってその上納金を収入源とした。また、将軍の専権事項である領地の安堵・収奪を得宗家の名においておこない、朝廷の庇護下にある社寺の荘園をめしあげて御家人に管理させた。とくに内管領・平頼綱は、六波羅探題に謀反の嫌疑をかけて誅殺する強権をもちいたりしたのである。

恩賞を采配する御恩奉行《ごおんぶぎょう》と、直訴をうける越訴頭人《おつそとうにん》を兼務する安達泰盛のもとには、数多くの御家人が駆け込んで窮状を訴えた。社寺領にかんしては、関東申次を通してきた。それが得宗家の御内人に、領地・荘園を奪われたという目にあまる所行であった。

これに危機感をつのらせたのは、安達泰盛であった。

朝廷と連携した徳政令

「徳政令のほかに、なにか妙手はないか」と、安達泰盛は迷ったにちがいない。

徳政令とは、すべての借金を棒引きにすることだ。ほかにも贅沢品や酒類の禁止などがあるが、主たる目的は、借金対策である。しかし、借金の棒引きは、その場しのぎにしかならなかった。現代風にいえば、銀行が貸した金が不良債権化したのだ。もとはといえば、元の再襲来に備える国防費である。幕府はそれを地方の御家人に負担させていたがために、彼らは返すあてもない借金をサラ金業者に頼った。商工業などの経済活動をしていない御家人たちは、ゼロからまた借金を重ねるばかりである。

徳政令の実施で不満がでるのは、借上、問丸のピンハネをする得宗家の被官である。

「抵抗はあろうが、朝廷と手をむすんでやるほかないか」

亀山院が「治天《ちてん》の君《きみ》（院政）」でいるいまがチャンスであった。亀山院には、大きな貸しがあったからである。

後嵯峨帝（在位一二四二～四六年）の時代、皇位の継承は、幕府が仲介して持明院統と大覚寺統とが申し合わせて迭立《てつりつ》とした。そこで誕生したのが、大覚寺統の亀山天皇である。その後継を持明院統にすべきところを、関東申次・西園寺実氏の娘・大宮院姞子《きつし》を生母とした亀山帝は、わが子の世仁《よひと》親王の立坊をつよく望んだ。これを支持した幕府は、亀山院に恩を売ったかたちで後宇多帝が実現した。しかも在位十四年、「治天の君」としてほぼ十年になる亀山院は、盤石の影響力をもっていた。

こうして安達泰盛の提案は、亀山院にも支持された。

弘安七年（一二八四年）、借金の棒引き、社寺荘園の返納、奢侈品《しゃしひん》や酒類販売の禁止などを盛り込んだ徳政令が実施された。これが倉栖某一家を四散させる要因となるのだが、しばしば幸せなときがあった。

兼好の子供時代の逸話であろう。金沢の情景が徒然草にあらわれる。

［第三十四段］**甲香は**

甲香《こうこう》は、ほら貝のようなものだが、小さくて、口にある細長くとびでた貝の蓋である。武蔵国の金沢という入江にあったのを、土地のものは、「へなだりと申しあげます」と言った。

香をねり合わせるときにつかう貝の蓋である。「それは、なにか？」と、訊いた兼好に、地元のひとは〈へなだりと申し侍《はんべ》る〉（原文）と、ていねいに応えている。

武士の子弟は、数えの六歳で武芸を始める。とりわけ元《げん》の襲来に備えた騎射《きしゃ》を得意とする鎌倉武士は、弓と乗馬を自家薬籠中《じかやくろう》の武芸とした。つぎの段は、兼好の実体験であろう。

［第九十二段］或人、弓射る事

あるひとが、弓の稽古に、二本の矢を手にもって的《まと》に向かった。師は曰《いわ》く、「初心者は、二本の矢を持ってはならぬ。次の矢に頼って、最初をいい加減にする気持が湧く。毎回、やり損いなく、ひたすらこの一矢で決めると思え」という。わずかに二本の矢である、師のまえで、一本をおろそかにしようと思うであろうか。懈怠《けだい》（仏教語。悪を断ち、善を修することを怠ること）は、自ら意識しないでも、師は知っているのである。この戒めは、万事にわたって言える。

仏道を修行するひとは、夕方には翌朝があるとおもい、朝には夕方があると思って、重ねてていねいに修行しようと期する。（長い一日でもこうなのだから）まして、一刹那《せつな》（一瞬）において、懈怠の心があることを自覚し得るであろうか。ただいまのこの瞬間に、すぐさまやるべきことの、なんと難しいことか。

安達泰盛は、豪毅かつ思慮深かった。京都の公家のあいだでもっとも権威あるとされた世尊《せそん》寺流《じりゅう》の書を能くする文化人でもあり、のちに金沢顕時の祐筆となる倉栖兼雄もまた、その世尊寺流を会得している。

そんな泰盛は、徒然草には乗馬の名手として勇姿をとどめている。

［第百八十五段］ **城陸奥守泰盛**

城陸奥守泰盛《じょうのむつのかみやすもり》（秋田城介・安達泰盛）は、無双の乗馬名人であった。馬を引き出させたときに、馬が足をそろえて閾《しきみ》（厩の内と外を仕切る横木）をひらりと飛び越えるのを見て、「これは勇みすぎる馬だ」と言って、鞍を（別の馬に）置き換えさせた。今度は、足を伸ばして閾に蹴つまずいたので、「これは鈍くて、失敗しそうだ」と言って、乗らなかった。

その道を心得ないひとは、これほど慎重になるであろうか。

そして兼好は、数えの八歳になった。兼雄が十歳、兼清（慈遍）が六歳という倉栖家の、もっとも微笑ましい時期である。しかも、これが最後という――。

［第二百四十三段］ **八つになりし年**

（私が）八歳になった年、父に問うた、「仏はどのようなものでございますか」と。父が応えた、「仏には、人間が成っているのだ」と。そこでまた（私は）、「人はどうやって仏になるのでございましょうか」と問うた。父はまた、「仏の教えによって成るものだ」と応える。また問う、「教えた仏には、だれが教えたのでございましょうか」と。また応えて、「それもまた、前の仏の教えによって成られるものだ」と。また問う、「その教えを最初に説かれた、第一の仏は、どのような仏でございましたか」と言ったとき、父は、「空から降ってきたものか、地から湧いたものだろうか」と言って笑った。のちに父は、「子供に問いつめられて、応えられなかったわい」と、人に語って面白がっておられた。

兼好が父を語った唯一無二の文章である。しかも倉栖某の、遺言ともいうべき最後のことばになってしまった。その意味を知る編者の今川了俊と命松丸は、徒然草全二百四十三段の、掉《ちょう》尾《び》を飾る逸話に採用したのであろう。

いよいよ倉栖一家は、離散する運命の局面に立たされた。

霜月騒動

徳政令を発令した安達泰盛は、甘縄《あまなわ》の私邸につめかける御家人たちの恩賞直訴を采配していた。権力を奪われた御内人の恨みを買うのは、とうぜんだった。

あるとき、内管領・平頼綱は、執権・貞時にむかって密かに讒言《ざんげん》した。

「ちかごろ甘縄の入道《にゅうどう》さまは、源氏を再興して将軍の座を窺うておられるとか……」

陸奥守《むつのかみ》入道を名乗るのは、安達泰盛である。頼朝のご落胤といわれた景盛の孫である。執権代理をつとめる嫡子・宗景《むねかげ》は、安達家代々の名跡・秋田城介《あきたじようのすけ》をついだ。その宗景が姓を「源氏」に改めて、将軍の座を狙っているというウソにも、真実味があった。

関東の平氏・北条氏にとって「源氏」の血統は、一番の泣きどころである。血の犠牲をはらって武家の頂点にたちながら、源氏の棟梁をたてる家柄ではない。二十二歳の青年・惟康《これやす》親王を将軍に戴いて執権の座に甘んじるのは、その血統のゆえである。

平頼綱は、その痛いところを突いたのである。

「殿、ご決断を」と、平頼綱が執権・貞時につめよる。

平頼綱の妻を乳母《めのと》として育てられた貞時にとって、頼綱への親近感がある。いっぽうの祖父・安達泰盛は幕府の重鎮であり、執権を支える最後の有力御家人であった。

すぐさま「ご決断を」といわれても、まだ十五歳の貞時には荷が勝ちすぎた。だが、泰盛が将軍の座を狙い、得宗家の資金源を根絶させようとしている。

「手遅れになっては、勝てる戦《いくさ》も負けまする」とでも吹き込んだのであろうか。

「勝てるか」と、貞時が訊く。

「全国の荒武者どもは、満を持して待ちかまえておりまする」と、平頼綱。

「よし」と、貞時のひとことですべてが決まった。

弘安八年（一二八五年）十一月四日と十四日の両日、ひそかに全国の同志に使いをはしらせた頼綱は、日光山輪王寺《りんのうじ》の別当・源恵《げんけい》に泰盛調伏《ちょうぶく》の祈禱をさせる。

いっぽうの安達泰盛は、まずは社寺領を安堵して朝廷の経済を立て直し、つぎが御家人の扶《ふ》助《じょ》である。そして御内人の暴走をくいとめながら、構造改革に着手しようとしていた。

十一月十七日午前中、泰盛は、松谷《まつがやつ》の別邸にいた。

正午ごろになって、時宗の未亡人・覚山尼《かくざんに》より急使が駆け込み、

「執権どのをたきつけて、頼綱がご謀反を」と、報せたのである。

「まさか」とおもった泰盛は、貞時にことの次第を問い糾《ただ》そうと、塔ノ辻にある執権の館へ出向こうとした。その途中を、待ち構えていた御内人らに襲われた。

死者三十、負傷者十名におよんだというから、数百名が斬り合ったのだろう。

やっと切り抜けて駆け込んだ館に、貞時の姿はなかった。すると御内人とその配下は、館に火を放った。泰盛は、そこで自刃《じじん》する。ごうごうと延焼するなかを暴徒の群が将軍の館にはしる。そして火をつけて、つぎつぎと御家人の館を襲撃するのである。

六浦の別業・金沢顕時邸も、襲われた。泰盛の娘・千代能が顕時の妻だったからだ。

このとき、倉栖某が討ち死にした、と伊藤太文は推定している。

戦いは、平頼綱派の勝利のうちに、その日午後四時に終わった。また全国の泰盛派の地頭や国司が同時に襲われ、約五百人の郎党が討ち死に、自決してはてた。これが世にいう「霜月騒動《しもつきそうどう》」である。

父を失った倉栖家では、落飾《らくしょく》した母・随了尼があれこれ差配《さはい》をすることになる。

伊藤は、つぎのように推測している。

〈長男の兼雄（十才）は称名寺にあずけられ、次男の兼好（八才）は京の卜部兼顕の猶子に。末弟の慈遍（六才）は伊勢の卜部の猶子として旅立っていったと推定する〉（『徒然草発掘』）

一家離散に直面した兼好が、叔父・兼顕《かねあき》の猶子になった事情はこれであり、後世、兼顕の実子のように伝えられるにいたったのである。さらに慈遍（俗名兼清）について伊藤は、

〈『群書一覧《ぐんしょいちらん》』巻一には「慈遍は伊勢長官《いせのちょうかん》の末子《ばつし》にして伊勢流の神道を伝え《ママ》しとも云《ママ》う。又、兼好の従弟にして卜部の伝を伝へりともいう《ママ》」とあり（後略）〉（同）と。

随了尼のこうした差配は、とうぜん主家・金沢顕時も承知しているはずである。

顕時は、妻・千代能を離縁し、六浦の別業を称名寺の長老・審海《しんかい》に寄進して執権・貞時の沙汰を待った。その間に時宗の妻・覚山尼は、わが子の執権・貞時を説得していた。そして安達

氏一族にたいする処分を寛大にするよう働きかけ、後世、縁切り寺、駆け込み寺となる東慶寺《とうけいじ》を建立し、連累縁者の菩提《ぼだい》を弔うのである。

騒動から十日あまりが過ぎ、金沢顕時は、嫡子・貞顕を称名寺に残して領地である下総の埴《は》生《ぶ》の庄に蟄居することになった。今日の地図でいえば、千葉県白井《しろい》市。市川市の北東十五キロ、我孫子《あびこ》市からは南へ十キロのあたりにある。

顕時一行が出立した旧暦の十一月末は、現在の十二月下旬。筑波颪《つくばおろし》にむかってすすむ寒さが身にしみたであろう鎌倉落ちである。

おおっ、これが都か

小さなからだに笈《おい》を背負った兼好と兼清の兄弟は、称名寺にとどまる金沢貞顕と倉栖兼雄、そして夫の初七日をひそかに弔った随了尼に見送られて旅立った。

鎌倉から京都まで、早馬を乗り継いで三日、徒歩で十六日が見込まれた。しかし、伊勢に立ち寄って京都にむかう彼らには、日程の予測もつかない旅路であった。

兼好たちは、卜部兼顕に付き添われて冬の足柄《あしがら》峠を越える。東海道は、尾張の萱津《かやづ》（愛知県あま市）で西と南にわかれる。西にすすめば、美濃経由の東海道だが、伊勢に兼清（慈遍）をおくり届けるには、鈴鹿颪《すずかおろし》のふきすさぶ伊勢街道をめざして南へ津から松坂方面へとむかう。

兼清を斎宮《さいぐう》に預けた兼好たちは、伊勢から津に引き返した。雪の鈴鹿峠を越え、甲賀をぬければ草津から大津にいたる。ここまで来れば、あと半日。比叡山の麓を山科《やましな》にむけ、小関峠を越えて粟田山《あわたやま》の頂上にでれば、京都が眺められる。山とはいっても丘である。

「おおっ、これが都か」

兼好は、眼下にひろがる都邑《とゆう》に感動したにちがいない。

京都には、「七口《ななくち》」と呼ばれる入口が七ヶ所にある。粟田口は、東海道と中山道が合流した東の入口である。そこから北西にむかえば、御所まで二キロ。その手前一キロの地点右側に粟田社があった。現在の京都大学医学部のあたりである。往古の絵図で粟田社をみると、こんもりと樹木の茂った丘に立派な社殿があり、参道の両側が神田《かみだ》である。そして吉田神社は、京都大学の東側にある。現在は吉田山の中腹に荘重な八角形の神殿があるが、鎌倉時代は、現在の左京区役所寄りの平地にあったという。

もし兼好たちが平野社へむかったとすれば、さらにそこから四、五キロ西へ歩く。平野社から北西に約一キロ行ったさきが、西園寺公経の建てた北山第《てい》、今日の金閣寺である。

この北山第の一角に氏寺・西園寺を建てた公経は、藤原を改めて西園寺を姓とした。兼好が上京したころは、公経からかぞえて四代目の実兼《さねかね》の時代で、関東申次をつとめていた。

平野社から西二キロに御室《おむろ》の仁和寺、南が双ヶ岡《ならびがおか》、その南麓に法金剛院がある。仁和寺をさらに西へ二キロ歩いたあたり一帯が嵯峨野であり、大覚寺を筆頭に徒然草ゆかりの地が散在している。

大覚寺に院御所をもつ大覚寺統の亀山院と後宇多帝は、北条氏とはきわめて昵懇《じっこん》であった。兼好には、亀山院をめぐる公家やその周辺と交わる条件が調っていたのである。

勉学にいそしむ兼好

弘安九年（一二八六年）正月をむかえて数えの九つになった兼好は、卜部兼顕の猶子として生活をはじめる。詩歌などを勉強しながら、世間ばなしにも興味をもつ。なにしろ聞くもの見るものすべてが珍しかっただろうし、それを聞きもらさないところが、神童たるゆえんであろうか。

京都は、後宇多《ごうだ》天皇の御代《みよ》であった。先帝・亀山院が「あさましき」ほどに子沢山で、

〈昔の嵯峨大王こそ、八十余人まで御子《みこ》もたまへりけると、承《うけたまわ》り伝へけるにも、ほとほと劣り給ふまじかめり〉（『増鏡』原文）

といわれた艶福家なのに、

後宇多天皇方では、亀山院とは反対に女御《にょうご》・更衣《こうい》（女御の次位）もおありにならない。

たいへん寂しい宮中である。西園寺家から女御が参られるだろうという評判はありながら、どうしたわけか、すらすらとも（入内《じゅだい》を）思い立たれないのは、なにか考えるところがおありになるようだ、と世人もうわさする。（井上宗雄全訳注『増鏡』）

と、廷臣・女御たちをやきもきさせていた。

ところが十七、八歳のころにようやく目覚め、亀山院の女御に仕える「東の御方」と呼ばれる女房に目をかけた。この女房がのちの西華門院・堀川基子《きし》である。

霜月騒動が起きる弘安八年（一二八五年）二月、後宇多帝は、基子とのあいだに第一皇子・邦治《くにはる》親王をもうけた。天皇は十九歳、基子十七歳である。

その邦治親王が数えの二歳を迎えたところへ、兼好は上京したのである。

基子の父・堀川具守《ともも》は、後深草院の第二皇子・熙仁《ひろひと》皇太子（のちの伏見帝）の春宮権大夫（大夫は西園寺実兼《さねかね》）をつとめ、左衛門督《さえもんのかみ》（御所警備の長官）を兼ねた。祖父の基具《もととも》は大納言で淳和《じゅんな》・奨学院別当《しょうがくいんべっとう》（源氏の長者・大学校長）であり、五年後には太政大臣になる人物であった。基子は、その祖父・基具の養女となって入内《じゅだい》したのである。

天皇の側近は、やっと愁眉を開いたが、やがて兼好は、この堀川具守の家司《けいし》となる。

邦治親王の成長は、堀川家にとって追い風となった。弘安十年（一二八七年）十月には、後宇多帝の譲位をうけて、持明院統の熙仁《ひろひと》親王が伏見天皇になる。そして大覚寺統の邦治親王は、三歳で親王宣下《せんげ》（皇統を嗣ぐ有資格の皇子）されたのである。

ここに異変が起きた。伏見帝の即位と同時に、堀川具守は春宮権大夫を、春宮大夫の西園寺実兼も辞任する。そして「治天の君」になるはずの大覚寺統の後宇多院は忌避され、持明院統の後深草院（亀山院の兄）にお鉢がまわった。治天の君とは、国を統治するひとをいう。本来は天皇だが、上皇または法皇が代理統治する政体をいう。

徳政令を布《し》いた亀山院を嫌う内管領・平頼綱の専横がはじまったのである。

第四章　貴族社会の兼好

牛車で祭見物

さて、ここからが兼好の顔見せである。

永仁《えいにん》四年（一二九六年）四月、下総国埴生庄に蟄居していた金沢顕時に帰還命令がでた。鎌倉の赤橋に屋敷を与えられて、いよいよ政界復帰である。四十五歳になる顕時は、出家して恵《え》日《にち》と号していたが、将軍の朝廷への政治的要請をつたえる執奏《しっそう》にとりたてられている。

このとき嫡子・金沢貞顕は、十五歳。倉栖兼雄は、十七歳である。ともに称名寺の審海に育てられ、学門から行儀・作法などを仕込まれていたはずである。

永仁二年（一二九四年）には、金沢貞顕は、左衛門尉《さえもんのじょう》（御所の護衛主任）に任ぜられて入洛している。職場は、御所の警備である。金沢貞顕の上役が堀川家の継嗣・具俊《ともとし》である。参議を兼ねる左衛門督使別当《さえもんのかみしべっとう》（左衛門警備と裁判・警察の長官）で二十七歳。若さあふれる公卿である。

倉栖兼雄は、「尼随了諷誦文」に〈二代の賢太守に仕へ〉とあるように、鎌倉にのこって金沢顕時のそばに仕えたのであろう。祐筆の見習いといったところか。

こうなれば、兼好と兼清の消息が気になるところだが、まずは兼好である。

永仁三年（一二九五年）五月、兼好は、賀茂神社の競馬《くらべうま》を観ている。五月一日に行われる予定だった競馬は、雨のため五月五日に順延された。正親町三条実躬《おおぎまちさんじょうさねみ》の日記『実躬卿記《さねみきょうき》』（『大日本

古記録　実躬卿記5』岩波書店）によれば、祭りの当日も朝から空模様が怪しかった。まずは、徒然草を。

［第四十一段］五月五日

五月五日、賀茂の競馬を見に行ったおりに、牛車のまえに下賤なものどもが立ちさえぎって見えなかったので、それぞれ車を降りて、柵のそばに寄ったところが、もっと混雑していて、割り込みようのないありさまであった。

そんなおりに、向かいにあった栴檀《せんだん》の木に、法師が登って、木の股に座って見物していた。枝につかまりながら、熟睡していて、落ちそうになると目を醒ますことがたびたびあった。これを眺めていたひとたちは、あざけり笑って、「世にも稀なバカものだ。こんな危なっかしい枝のうえで、安心して居眠りするやつがあるものか」と言うと、私がふと思いつくままに、「我々の生死の到来だとて、ただ今かも知れませんよ。それを忘れて、見物して一日を過ごす、愚かなのは、我々のほうではございませんか」と言ったところ、前にいたひとたちも、「まことにその通りですなぁ。（我らこそが）最も愚かでござる」と言って、みながうしろを振り返って、「ここへお入りなさい」と、場所をあけて、呼び入れてくれた。

このていどの道理は、だれでも思いつかないではなかろうが、ちょうど良いおりだったから、意表を突かれて、胸に思い当たるフシがあったのであろうか。ひとは、木石ではなかろうから、ときとして、ものに感じることがないではないらしい。

満年の十七歳になった兼好は、牛車に乗って祭り見物である。この牛車は、堀川家のものだったであろう。とすれば、兼好のほかに前年に着任した金沢貞顕が同乗していた可能性がある。兼好と同い年の貞顕は、具俊直属の部下になっていたからである。

安良岡康作は、十三歳の兼好が、

〈下級ではあっても、とにかく貴族の子弟であり（父は治部少輔、卜部兼顕）、牛車に乗って見物に行くほどの格式を備えていることから、見物人たちのことばの丁寧さも理解されてくる〉

（『徒然草全注釈　上巻』）

と解説しながら、仏教の死生観に造詣が深い「少年」兼好を褒める。

年齢の異なりは、定説と伊藤説とのちがいである。くどいようだが、ここで考えなければならないのは、堀川家と兼好の関係である。

林瑞栄が自著『兼好発掘』の末尾に掲載した年表の、永仁六年（一二九八年）の条に、

〈兼好、この年か前年上洛して春宮《とうぐう》蔵人となるか（推定）〉

と書いている。この「春宮」とは、皇太子・邦治親王である。

永仁六年七月、伏見帝の第一皇子・胤仁《たねひと》親王が即位し、邦治親王の立太子が実現している。これに供奉《ぐぶ》する兼好を想定した林は、永仁五年には上洛とみたのだ。

林瑞栄の「永仁五、六年」上洛説は、つぎの一文が『増鏡』にあるからである。

いつのまに年が明け暮れして、永仁も六年になった。七月二十二日天皇（伏見）は東宮に位を譲って退位された。（中略）堀川具守公の娘の御腹に、前《さき》の新院後宇多の若宮が降誕されたが、その若宮が六月二十七日御元服して八月十日東宮に立たれた。御諱《おいみな》は邦治と申し上げた。（井上宗雄全訳注『増鏡』）

林瑞栄は、鎌倉にいる堀川具守の弟・基俊に推挙されて兼好が上京。卜部兼顕の猶子《ゆうし》となって堀川家に仕え、東宮・邦治親王の蔵人に抜擢されたと解釈した。

風巻景次郎の「家司兼好の社会圏」（『風巻景次郎全集第8巻』桜楓社刊）によれば、兼好は、譜代《ふだい》の堀川家の家司であり、〈まだ十代の末席の家司として具守邸に在った兼好が、同じ邸内に起居された東の御方や邦治親王の御用をなにかつとめたかも知れぬ〉という。

風巻景次郎は、冨倉徳次郎と同時代の、文学史から方法論を構築した国文学者である。風巻の場合は、卜部家がもともと諸大夫の家柄だったのを前提にしている。伊藤太文によれば、平野社の卜部兼顕の推薦によって、堀川家と直接交渉も可能であった。いずれにせよ競馬見物をしたころの兼好は、すでに堀川家の家司になっていた。そこにかつての主家・金沢貞顕が上京して、堀川具俊の配下となったのである。

兼好が定説の年齢では小間使いだが、伊藤説の「十七歳」ならば、立派な青年である。しかも、父の死を目前にした兼好が、ひとの死は定めなきものと肌で感じ取っていたとしても、なんら不思議ではあるまい。まして鎌倉の事情で宮廷が右往左往する情況から察すれば、堀川家にとって兼好の存在は貴重だったはずである。

正安の嘆き

永仁七年（一二九九年）は、四月に改元されて正安元年を迎えた。

八月十五日の観月の歌会に誘われた兼好は、「わづらふこと」があって、欠席を歌に託している。兼好はすでに、歌会に招かれる身分になっていた。ところが突如として「わづらふこと」が発生して、楽しみにした歌会を遠慮する羽目に陥っていた。なおこれから引用する歌は、西尾実校訂『兼好法師家集』（岩波文庫）所収の「兼好自撰家集」をつかう。末尾のカッコ内は、同書に付した分類番号である。本文には歌の頭についている。つぎの詞書《ことばがき》がある。

八月十五日夜報恩寺にて人〲《々》あまた哥《うた》よむよしきゝ侍《リ》しをわづらふ《煩》ことありてえまか《罷》らで申《シ》つかはし侍《リ》し（八月十五日の夜、報恩寺において、大勢のひとびとが歌を詠むと聞いておりましたが、わずらうことがありまして、出られない旨を申し伝えておきました—拙訳）

月にうき《憂》身をあきゞり《秋霧》のへだてにもさはら《障》でかよふ心とをしれ《知》［二九］（月につらい身を秋霧にへだてられても、妨げなくあなたのもとに通う私の心をお察しください—同）

返し　をぐら《小倉》の前（注・読めるように消してある）大納言　実教卿もろともにながめぞせまし秋ぎりのへだつるよは《夜半》の月はうらめし［三〇］（一緒に眺めようとしていたのに秋霧が邪魔する夜半の月がうらめしい—同）

このとき前《さき》の大納言・小倉実教《さねのり》は、三十五歳。二年後には和歌集の撰者をつとめるほどの歌人だから、この観月の歌会を主催していたのであろう。

そして林瑞栄は、『兼好法師家集』の歌会欠席の歌につづくつぎの詞書に注目。

《そのころやむごとなき人のとぶらひおはしたるに（その頃、たいそう高貴な方のお見舞いがございま

したので―拙訳)》

兼好は、「やむごとなき人」に向かってつぎの歌を詠む。

〈とはれぬるつゆのいのちはつれなくてもろきは袖のなみだなりけり　[三二](見舞ってくださる露のような命はどうであれ、わけもなく袖をぬらす涙で一杯でございました―同)〉

林は、相手の人物を、堀川具守の外孫・邦治皇太子としている。

堀川邸に誕生して養育された邦治親王は、ヨチヨチ歩きのころから兼好と遊んでいた。その親王は、十四歳で皇太子に冊立され、御所入りしたのが前年の八月であった。

「あの歌好きの兼好が欠席でしてなぁ」

そんな噂を小耳にはさめば、邦治皇太子が見舞うことは充分にありえるのである。このとき兼好は、二十一歳である。一流とはいえないまでも、立派な歌詠みに成長していたはずである。しかも、人生の将来を見通せる年齢だった。皇太子の蔵人になれば、やがて皇太子が天皇になり、側近として活躍できる。

それなのに、「わづらふこと」があって欠席せざるをえなかった。林瑞栄は、この得体の知れない不慮のできごとに注目した。

この前年三月、持明院統の伏見帝とともに倒幕を企てた歌人、京極為兼《きょうごくためかね》は罪を一身にかぶって佐渡に流された。同年七月、身の危険を覚った伏見帝は、すぐさま持明院統の後伏見に譲位して院政を布いた。こうして急遽実現したのが、大覚寺統・邦治親王の立太子である。しかし、伏見院の鎌倉に対する恨みは深く、それをおもんぱかった新院の取り巻きが、鎌倉所縁の兼好を排除したらしいのである。もちろん、その当時の兼好は、宮廷内のできごとなど知る由もない。

兼好を見舞ったのは、やんごとなき人ばかりではなかった。林瑞栄は、『兼好法師家集』のつぎの詞書《ことばがき》にある人物を想定している。

《嘆くことある頃、気分を損なって引きこもっておりましたところ、新中納言が暫くしてお見舞いくださって》

初めの二首が新中納言、あとの二首が兼好である。

かずかずにとはまほしさをおもふまにつもりていとゞこと《言》の葉ぞなき　［一九〇］（訪ねてあれこれ訊きたいと思って果たせず、ほどが経った今となってはかける言葉もない——拙訳）

いはぬだにうき身のとが《咎》はしらるゝをうらみばいかにくるしからまし　［一九一］（君から何ひとつ言われなくても、この嘆く身の原因はわかっているゆえ、君に恨みごとを言われたならば、どれほど苦しい思いをしたであろう——同）

と、新中納言はわびる。兼好は返歌に、

いまぞきくとはれぬ《うらみし》ほどの日かずをもおもひながらにすぐしけりとは　［一九二］（あなたさまが来られなくてお恨み申しております日々も、ずっとあなたさまは胸に秘めて過ごしてこられたと今にして伺い、嬉しく思います―同）

なを《ほ》ざりにうらみ《かこた》ばかくやしらざらむいはれぬばかりふかき心を　［一九三］（あなたさまが来られないのをいいかげんに恨んでおりましたならば、あなたさまの深いお嘆きのお気持を知らずにいたでしょう―同）

兼好は、「どうして私を皇太子から遠ざけられたのですか。わけをはっきり説明してくださらないから、わたしは寝込んでしまったのですよ」と、愚痴が言いたかった。

兼好は、みずからの病気のせいではなく、外的要因によって遠ざけられた。鎌倉に出自をもつ兼好は、望むと望まざるとにかかわらず、すでに政争の渦中に引きずり込まれていた、と林瑞栄は解釈したのである。だから、

「みなさんとご一緒できるのを楽しみにしておりましたのに」

といった通り一遍の無念さではなく、さらに深い嘆きの淵に突き落とされたのである。

この新中納言が、堀川家の長男・具俊。さきに紹介した参議兼左衛門督使別当である。正しくは権中納言だが、昇叙して間もなかった。大納言・淳和院別当である当主・具守の陰にあって目立たなかったが、将来を属望された人物であった。その長男・具親は、わずか六歳で後伏見帝の侍従。この具親に随従して岩倉に蟄居するのは十九年後のことだが、兼好はすでに二十一歳にして、堀川家にとって貴重な存在になっていた。なのに、堀川邸に生まれた邦治皇太子から「わづらふこと」があって遠ざけられた。

具俊は、「理由を訊いてくれるな、君の気持は充分にわかっている、我慢してくれ」と無言のうちに頼んでいるのだ。

正安三年（一三〇一年）一月、皇太子は、即位して後二条天皇となった。そして持明院統・伏見帝の五歳になる富仁《とみひと》親王（のちの花園帝）が皇太子に冊立される。

兼好は、ついに後二条帝の側近として声をかけられなかった。「わづらふこと」の真相はナゾのまま、兼好は、失意のどん底に突き落とされたのである。

金沢貞顕の鎌倉下向は、おそらくこの前後であろう。

同年三月二十八日、金沢顕時が死去した。執権・貞時の信任が篤かった顕時は、幕政の中枢に復帰し、それを二十三歳の金沢貞顕がうけついで出世コースに乗るのである。そして二十五歳の祐筆・倉栖兼雄も、歴史の表面にでることになる。

だが、兼好は、悲嘆の真っ直中《ただなか》にいた。

第五章 失意の帰郷

東下り

正安四年（一三〇二年）春のことか――。

〈この頃兼好、漂泊東下か。道我僧都《どうがそうず》を清閑寺《せいかんじ》に訪《おとな》い、歌をよみ交す〉（『兼好発掘』年表）

林瑞栄は、兼好の鎌倉下向を示唆している。失意の帰郷である。

『兼好法師家集』の詞書に、兼好の東下りがある。

《あづま《東》へまかり侍《リ》しに清閑寺にたちよりて道我僧都にあひて、秋はかへり《帰》まで《詣》く《来》べきよし申《シ》侍《リ》しかば（関東へ参りますので清閑寺に立ち寄り、道我僧都に会って秋には帰る旨を申しましたところ―拙訳）》

秋には帰るという旅立ちである。だが、いつのことか明記していない。

京都市東山区にある清閑寺は、現在は真言宗智山派の智積院《ちしやくいん》に属しているが、当時は天台宗延暦寺の別院。そこに道我が住み、まぢかに南北の六波羅探題があった。六波羅の北一キロに粟田口があるから、兼好は、文字通りに出立の途次に立ち寄ったのである。

道我僧都は、徒然草にも登場する。

［第百六十段］門に額懸くるを「打つ」

門に額《がく》を懸《か》けるのを「打つ」と言うのは良くないのか。勘解由小路二品禅門《かでのこうじのにほんぜんもん》（能書家・

藤原経尹《つねまさ》。出家して寂尹《じゃくいん》）は、「額懸くる」と仰せになった。「見物の桟敷《さじき》打つ」も良くないのか。「平張《ひらばり》打つ」などは、常用語である。「桟敷構うる」などと言うべきである。「護摩焚《た》く」と言うのも悪い。「修する」とか「護摩する」とも言うのである。「行法《ぎょうぼう》も、法の字を清《す》んで読むのは、悪い。濁《にご》って言う」と、清閑寺《せいがんじ》の僧正（道我。歌友）が仰せになった。常に使う言葉にも、こうしたことばかりが多い。

兼好のウンチクに利用された道我は、兼好が訪ねたころは、十九歳である。秋には会えるでしょうという兼好に、年下の歌友はつぎの歌を贈った。

〈かぎりしる《限》いのち《命》なりせばめぐりあはん秋ともせめてちぎりをかま《お》し［六八］（いつ死ぬとわかっている命であれば、再会は秋と、せめて約束しておきましょうに―拙訳）〉

返歌に、兼好は詠む。

〈行くすゑのいのちをしらぬわかれこそ秋ともちぎるたのみなりけれ［六九］（行く末の命さえ知れない別れだからこそ、今度会うのは秋と約束して励みとするのです―同）〉

旅立ちをまえにして、なんとも意味深長な贈答歌ではある。

林瑞栄は、「漂泊東下」を嘉元《かげん》二年（一三〇四年）まで、各地を放浪したと想定している。そして徳治《とくじ》二年（一三〇七年）秋に「兼好帰洛」とし、京都不在を五年間としている。

兼好は、秋には戻るつもりでいたが、その機会がなかった。木曽や松島を詠んだ歌は、順不同に掲載してあり、漂泊の旅がどのような経路をたどったかわからない。

〈みねのあらしうらわ《浦曲》の浪もきゝなれぬかわるたびね《旅寝》のくさのまくらに［七〇］（峰のざわめきも磯の浪の音も聞き慣れてしまった、毎日移り変わる旅寝の草枕ですから—拙訳）〉

この「くさのまくら」は、野宿のことだが、ふつうの旅寝をも意味する。兼好は、野宿する夜もあったであろうし、寺や宿屋に一夜を乞うたこともあったであろう。十七年前の鎌倉脱出の旅には触れていないが、関東の宿から富士山がちかくにみえたとき、

「おお、富士山だ！」と、複雑なおもいをこめて詠む。

〈都にておもひやられしふじ《富士》のねをのきば《軒端》の岳《ヲカ》にいで《て》ゝみるかな［七一］（都で思いを馳せていた富士山を、軒ちかくの丘にでて眺めましたよ—同）〉

兼好は、見慣れた富士山だったからこそ、「都にておもひやられし」と表現したのであろう。つぎの詞書も、年代不詳である。

海の波もおだやかな夕暮れのカモメが遊ぶのを見て

ゆふなぎ《夕凪》はなみこそみえねはる〳〵とおき《沖》のかもめのたちゐ《立居》のみして［七二］（夕凪は波こそ見えないが、遠く離れた沖に、カモメが飛んだり浮かんだりしている—同）

小動《こゆるぎ》の磯《いそ》というところで月を見て［詞書］

こよろぎのいそ《磯》よりとを《遠》くひくしほ《汐》にうかべる月はおき《沖》にいでにけり［七三］（小動の磯から遠く引く汐に、浮かんだ月も沖にでてしまった―同）

『兼好法師家集』の校訂者・西尾実は、この小動の磯を「神奈川県中《なか》郡大磯・小磯一帯の海《かい》浜《ひん》」と注記しているが、もっと鎌倉寄り、江ノ島の付け根から七里ヶ浜にいたる手前の小動《こゆるぎ》岬《みさき》ではなかろうか。一帯を腰越《こしごえ》と呼び、鎌倉時代に創建された小動神社《こゆるぎじんじゃ》がある。そこは、鎌倉の大仏まで歩いて一時間という近場である。夕日のうつくしい名所でもある。金沢の六浦とは三浦半島の反対側にある。

やっと郷里に着いた兼好は、

《武蔵国金沢というところの昔住んだ大変に荒れた家に泊まって、月の明るい夜に》［詞書］

〈ふるさとのあさぢ《浅茅》がには《庭》のつゆのうへにとこ《床》はくさ《草》葉とやどる月かな［七四］（ふるさとの荒れ果てた庭に茂る浅茅の露のうえに、寝床は草の上と月しかないのだなぁ―同）〉

と、なつかしい風景に過ぎこし時代のわびしさを覗かせるのである。

倉栖兼雄の上洛

武州金沢では、金沢貞顕の六波羅探題南方就任にともなって上洛が急がれていた。随従する兄・倉栖兼雄も忙しいおもいをしていただろうが、兼好とは父の死という劇的なわかれから十七年ぶりである。しばし旧懐の情をあたためる暇ぐらいは、あったであろう。

金沢貞顕は、鶴岡《つるがおか》八幡宮ちかくの赤橋に館を構えていたが、本拠は金沢である。おそらく平氏の某女と結婚した倉栖兼雄には、すでに随了尼の諷誦文《ふじゆもん》にでてくる倉栖四郎も誕生していたはずである。

兼好の歌にもあるように、浅茅《あさじ》が家にひとの住む気配がないのだから、母と兄夫婦は、どこか別のところに屋敷を構えていた。そして訪ねる母も、気忙《きぜわ》しい日々を送っている。

随了尼にとって、主家に随従する兼雄の出世は、夫を失ったあとの慶事であり、やっと冷飯から脱して恩顧に報いる絶好の機会であった。

正安四年（一三〇二年）七月、いよいよ金沢家一族の出発の日がきた。

赤橋の館に鎧甲に身をかためた家来一千騎がうちそろって上洛する。先頭にたつ若武者・貞顕の脇に轡《くつわ》をならべるのが、祐筆の兼雄である。

「お父上の名に恥じぬよう、お館さまを重々お守りするのですよ」

と言い聞かせる母の顔には、晴れがましさが浮かんでいたであろう。

「母上、心配めさるな」

と苦笑する兼雄は、貞顕よりも二歳年上であった。なんといっても貞顕は、坊ちゃん育ちである。幼くして父を失った兼雄の苦労などは、とんと理解できない合理主義者だったようだ。それは数年後に現実のものとなるのだが。

「では、都にて会おう」

兼雄は、兼好にも声をかけたであろうか。

武州を出発する金沢貞顕ら一行は、鎌倉の執権・北条貞時と将軍・久明《ひさあきら》親王、そして堀川基俊らに挨拶して鶴岡八幡宮を詣でた。金沢家一門にとっては、栄《は》えある初めての探題就任である。そして鎌倉に残留する一族郎党に見送られて、意気揚々と一路西へむかう。

釼阿との交流

さて兼好は、しばらく金沢に逗留する。

徒然草第十三段に登場する白氏文集《はくしもんじゅう》（白楽天の詩文集）や文選《もんぜん》（周より梁にいたる作品集・六世紀初頭に梁の武帝の長子・昭明太子が選書）、老子などの書物は、金沢文庫に現存している。歴代の金沢北条家が宋から輸入までして蒐集した書物である。兼好が読んだという記録はないが、知識欲の旺盛な二十四歳の青年がこの宝の庫にでくわした。まして人生のやりなおしを期した兼好であってみれば、勉強しないはずがないのである。

［第十三段］ひとり、燈のもとに

ひとり灯火に書物をひろげて、昔日のひとを友とすることこそ、格別に心の慰めとなるものである。

書物は、文選のなかの感銘深い作品の数々、白氏文集、老子のことば、南華《なんか》の篇（荘子）。わが国の博士たちが書いた書物も、昔の作品は、深く感動することが多かった。

金沢実時が創建した当初、称名寺は念仏宗であった。その後奈良西大寺からまねいた叡尊《えいそん》の教化をうけた金沢一門は、真言律《しんごんりつ》に改宗した。そして下野国《しもつけのくに》（栃木県下野市）の薬師寺から妙性《みようしよう》房審海《ぼうしんかい》を長老に迎えて、七堂伽藍を調えたのである。その審海も、いまでは齢《よわい》七十を越えている。

審海の高弟に明忍房釼阿がいる。やがて長期出張の多い金沢家の要になって立ち働く釼阿は、たいへんな学僧であった。

〈釼阿が何処で何僧によつて髪を下したかは不明である。書写といへば釼阿ほど沢山に書写してゐるのは他に例は少いと思ふ。文庫旧蔵についてざつと数へただけでも百二十余部に達して

ゐる〉（関靖著『金澤文庫の研究』藝林舎刊）

さらに関は、水戸の彰考館文庫や前田家の尊経閣文庫からも釼阿の書写を発見している。金沢に滞在した兼好は、この釼阿と親しく交わり、多くを学ぶのである。

さて、鎌倉亀《かめ》ヶ《が》谷《やつ》の将軍御所には、堀川具守の弟・基俊がいた。正応二年（一二八九年）十月に、貴族を代表するかたちで久明将軍に随従したものだ。『増鏡』によれば、基俊は摂政・一条実経の娘・頊子《きよくし》をめぐって後宇多帝と恋敵《こいがたき》となり、鎌倉下向につながったという。

兼好は、基俊についてこんな逸話を徒然草に載せている。

［第百六十二段］遍照寺の承仕法師

遍照寺《へんじようじ》の承仕《じようじ》法師（寺の雑役僧）は、池（広沢の池）の鳥を日頃から餌付けして、御堂のなかまで餌をまいて、戸を一つ開けたところ、数知れず入ってきたあと、自分も入って、戸を閉めて、捕らえては殺すようすが、騒々しく聞こえてきたので、草刈の童が聞きつけて、ひとに告げたので、村の男たちがどっと集まって、入って見たところ、大きな雁がひしめき合っているなかに、法師が混じって、打ち伏せては、ひねり殺していたから、この法師を捕らえて、そこから（検非違使の）使庁に突き出したのであった。殺した鳥を首に懸けさせて、獄に拘禁された。

基俊大納言《もととしのだいなごん》が別当（検非違使の長官）の時代でございました。

基俊が検非違使長官だったのは、霜月騒動で兼好が郷里を出る前後だから伝聞ではあろう。しかし、のちに堀川家で暮らした兼好とは面識があり、金沢在住のおりにご機嫌伺いに鎌倉の将軍御所を訪れたのかもしれない。

兼好の行く末は、まだなにも決まっていなかった。松島を中心に東北を巡るのは、そんな宙ぶらりんの時期のことであろうか。漂泊は、しばらくつづくことになる。

第六章　嘉元の乱

堀川具俊の死

六波羅探題南方に着任した金沢貞顕は、中務大輔《なかつかさたいふ》（天皇の側近）に任ぜられ、後二条帝（邦治皇太子）のそばに仕えていた。これを補佐するのが倉栖兼雄である。堀川具俊にとっても、かつての部下だった金沢貞顕の着任は、よろこばしい人事であった。

いっぽう留守をあずかる金沢家では、貞顕の嫡子・貞将《さだゆき》が誕生した。生母は、七代執権・北条政村の娘としか伝わっていないが、二十八、九になる年上の側室である。正室は、政村の嫡子・北条時村の娘である。つまり正室の叔母にあたる側室が、さきに金沢家の後継者を産んだことになる。

「いやいや、重畳《ちょうじょう》、重畳。でかしたぞ、妹よ」

去年、還暦をむかえ、執権・師時の連署をつとめる時村にしてみれば、妹であれ娘であれ、金沢家の世継ぎを産んでくれただけで金メダルものであった。

年が改まって乾元《けんげん》二年／嘉元《かげん》元年（一三〇三年）を迎えた。

林瑞栄は、この年に〈兼雄、母を迎えとるか〉（『兼好発掘』年表）としている。ここは彼女にとって、悩ましい推断である。

いずれ京都に住まう随了尼は、兼雄の暮らしが落ち着いた時期に上京するのは当然である。

しかし、上京の理由がはっきりしないのである。気に入らない嫁、というより嫁と孫に囲まれた家庭よりも、わが子のもとで暮らすことを切に望んだ、とみるほうが理解しやすいのかもしれない。あるいは、京都生まれだった可能性もあるのだが、母ごころは、疾鳥《しっちょう》のごとく矢も楯もたまらなかった。

だから随了尼は、やがて溺愛した兼雄が亡くなり、京都に届けられた遺骨を抱いて慟哭《どうこく》するのである。いずれこのあたりはあらためて描くことになろうが、随了尼の心境は、寸刻すらも待てない状態にあった、と林瑞栄は女の直感で判断したのである。

金沢貞顕が「たまきはる」（『建春門院中納言日記』）などの書写にときを過ごしているところをみると、六波羅探題も平穏無事な日々を過ごしていたようである。

しかし、その年の九月。

兼好の主家・堀川具俊が、享年三十一という若さで急死した。後二条帝の叔父であり、二十七歳で参議、従二位に昇進して例幣使《れいへいし》（毎年伊勢神宮へ供物を運ぶ勅使）をつとめ、政界での活躍が期待されていた。そんな矢先の死であった。

具俊には、四人の子供が残された。その長男・具親は、わずかに九歳。後二条帝の侍従である。具守は、すぐさま具親をみずからの猶子として堀川家の後継者にたてる。やがて兼好は、この具親に仕えることになるのである。

兼好詠草の断簡

嘉元二年（一三〇四年）、〈兼好、金沢に至るか〉（『兼好発掘』年表）と、林瑞栄はしている。

林は、「漂泊東下」の兼好が木曽や松島を巡って金沢に到着したと見たわけだが、わたしはあえて、旅をふたつにわけた。いずれにせよ、このころ兼好は金沢にいたのだ。同年六月、称名寺の長老・審海が他界した。

林瑞栄は、京都にいた釼阿が駆け戻り、その死に間に合ったとしている。称名寺の後継長老の就任問題は、戒円という先輩におもんぱかって釼阿が辞退したために、釼阿派と戒円派とができ、しばらくのあいだ空席になっている。

その前年十二月、二条為世が撰者筆頭をつとめた『新後撰和歌集』が完成した。入集作については、為世の十一首にたいして京極為兼の九首と、一応、公平を期したかにみえる。しかし、大覚寺統・二条派歌人の歌が多くみられるのは、やはり為世の影響であろう。

そのころ金沢にいた兼好は、勅撰和歌集に入集を期待する境遇ではなかった。

金沢文庫には、連歌《れんが》詠草《えいそう》の記録がいくつかある。冷泉為相《れいぜいためすけ》とその母・阿仏尼《あぶつに》が冷泉派歌道を広めたから、結構、盛んに歌会が行われていた。

そうした記録のなかに、兼好がくわわったとおもわれる二種類の詠草があった。ひとつは「詠五十首和歌」、もうひとつは表紙を欠き、初代文庫長・関靖が仮に「和歌詠草」と題した書き付けの断簡である。それらの詠草に「卜」とか「阿」といった符牒《ふちょう》があり、いかにも卜部兼好や釼阿を想像させる。いずれも場所と時期の記述を欠き、「兼好自撰歌集」にも採録していないために確定できないが、「詠五十首和歌」は春を詠み、もう一方は秋である。

まずは、十首詠んだうちの一首だけ紹介する。題は、「鶯」。

〈さくわれもゆめとそ思ふ鶯のまくらにたとるよはの一こゑ　卜（聞いている私も夢かと思う。鶯の、枕元に鳴く夜中のひと声でした。　卜―拙訳）〉

郷里の一夜を詠んだものだろうが、さていつごろの歌かと、関靖が保留にしていたところを、林瑞栄は、この時期と比定するのである。

そしてもうひとつ、『兼好法師家集』に、つぎの歌がある。まず詞書に、

〈これとし《惟俊》の朝臣の家にて河を〉詠むとあり、

〈ちとせ《千年》ともなにかまつべきいすゞ《五十鈴》川にごらぬ世にはいつもすみ《住》けり　[二〇五]（千年も何で待つのであろう。五十鈴川は、平和な時代にはいつも澄んでおりますのに―拙訳）〉

平惟俊は、関東祗候《しこう》の廷臣であり、将軍・久明親王の御乳父《めのと》である。四位から従三位に昇叙したのを祝って、兼好が詠歌したのは、嘉元三年（一三〇五年）正月のことである。

だから兼好は、金沢にあって釼阿らと歌会を重ねていたことが分かる。

嘉元《かげん》の乱

嘉元三年四月二十三日深夜、鎌倉で大事件が勃発した。

〈仰《おおせ》ト号シテ夜討ニシタリケル〉（『保暦間記』）

と、得宗家被官と御家人の武装集団が連署・北条時村の葛西ヶ谷《かさいやつ》の屋敷を襲った。前執権・貞時は、師時に禅譲したあとも得宗家を仕切っていた。

誅殺《ちゆうさつ》せられたのは、金沢家に世継ぎが生まれて喜んでいた、あの連署・北条時村である。不意打ちを食らった時村ら五十人余は、その場で斬り殺され、屋敷に火がはなたれた。

六波羅探題に早馬による第一報の「御教書（執権師時の通達）」が届いたのは、四月二十七日の昼ごろである。

かの『実躬卿記《さねみきようき》』は、概略つぎのように書く。

嘉元三年四月二十七日癸卯《みずのとう》 雨降る。常磐井殿《ときわいどの》（御所）へ招かれたところ、六波羅のあたりに馳せ参じるものあり、との巷説《こうせつ》あり。くわしく問いただしたところ、ただいま早馬が到来し、去る二十三日午《うま》の刻、左京権大夫《さきようごんだいふ》時村朝臣の家来が誅《ちゆう》されたとのこと。右馬《うま》権《ごん》頭《がしら》（官馬を司る部署の次官）以下の子息や親類においては別段のこととなきとのことである。その旨を承知おくようにとのこと六波羅に伝えたもようである（以下略）

正親町三条実躬は当初、時村の「家来」が誅殺されたと聞いたのである。

いったい鎌倉に、何が起きたか。

実躬は、時村を〈両国司《りょうこくしに》加合判《あいはんくわえる》者也《ものなり》〉（『実躬卿記』）と書く。「両国司」というのは、南北の六波羅探題であり、南方・金沢貞顕と北方・北条時範とを指す。つまり時村は、貞顕と時範の上役であった。このような重職の「家来」が前執権・北条貞時の命によって誅殺された前例はなく、〈珍事《ちんじ》之《の》中《なか》ノ珍事也〉（同）としている。

第一報をしらされた実躬は、連署・北条時村の家来が、時村の許しもなく誅殺されたというのはおかしい、とおもった。鎌倉の変は、とうぜん宮中に関係してくるところから、方々に問い合わせた結果、時村自身が殺された事実をつかんだのである。

ならば連署を裁き殺せるのは、執権しかいない。家来が誅殺されたことでさえ「珍事」なのに、連署本人が討たれたとなればなおさらである。またその理由がはっきりしない。のちに「嘉元《かげん》の乱」とよばれるこの連署殺害事件は、兼好を吉田神社祠官家の出身とする研究者にとっては対岸の火事かもしれないが、金沢北条氏の祐筆・倉栖兼雄の「弟」とみる林瑞栄には、見過ごすことはできなかった。

四月二十七日午後二時ごろ、すなわち鎌倉の使者が六波羅に到着から二時間後、倉栖兼雄は、臨時の御教書を手ずから書き、六名の使者をしたてて鎮西《ちんぜい》（大宰府）と長門《ながと》（山口）の両探題に早馬を走らせた。また鎌倉からの使者には、これから六波羅探題南方がとるべき方針をしたためた書面をもたせて送り返すのであった。

そして金沢貞顕は、在京の評定衆いかをあつめて御教書を披露する。

この御教書の文面は伝わっていないが、事件は四月二十二日夜、前執権・北条貞時の屋敷に火災が起きたのを発端に、翌二十三日深夜、「仰《おおせ》ト号シテ」というから貞時の命令によって、得宗家被官および御家人の集団が時村邸を急襲した。時村いか五十数名を殺害して館を焼き払った。得宗家および時村の孫・熙時《ひろとき》いかに別状はなし。下手人は不明とだけしたためてあった。からくも難を逃れた熙時は、二十七歳。このとき引付衆のひとりで馬寮《めりよう》（官馬の管理部署）の右《う》馬権頭《まごんがしら》であった。

「動揺してはならぬ。宿直以外は、侍所《さむらいどころ》へ下がれっ」

兼雄は、命じた。

にもかかわらず、在京の評定衆いかは甲冑に身を固め、恐怖に肝をひやして、弓を帯びて身構える。邸内はおろか、洛内の騒がしさは言語に絶するありさまであった。

兼雄が警戒したのは、北方の北条時範の動きである。時範自身は、『新後撰和歌集』に入集するほどの教養人だが、偶発的な衝突もありえる。最悪の事態を想定すれば、鎌倉との対決をも覚悟しなければならず、南北が戦火を交えている場合ではなかった。兼雄は、見えない敵におびえる探題の武士たちを懸命に諫《いさ》める。

それにしてもわが殿は――。

称名寺の釼阿から兼雄宛に書状が届いたのは、五月十一日である。その書状も現存しないが、兼雄が釼阿に宛てた同年五月十六日付の返書が、金沢文庫に残っている。兼雄の返書は、概略いかの内容である。平文にする。

今月四日付のお手紙は、十一日に拝受。鎌倉から参りました公私の書面を整理し終わったところです。こちらからの返事は、つつがなく到着しておりますでしょうか。（中略）。

ここに今月七日深夜、駿河守（評定衆・北条宗方）のこと（誅殺ではなく宗方の謀略による私闘と判明）、上洛したお使いより聞き、このように露見したからには、世間も自然に静かになりましょう。特に天下のため、とりわけ身内のためにも喜ばしいかぎりでございます。

御房がご祈禱してくださったことを承り、ことのほか目出度く存じます。

当時、殿（貞顕）のご作法、まことに不信心《ぶしんじん》きわまりなきことにて、いたわしさ言葉をなくすばかりでございます。よって申しあげるべきではありませんが、泰山府君《たいざんふくん》（道教の寿命を支配する山神）、殿の御年の属星《ぞくしょう》（星回り）以下のお祭りも、兼雄が陰陽師ならびに宿《すく》

曜道《ようどう》（仏教の星占い師）に申しつけて祈禱をさせたのも、（以下略）

と、釼阿のご祈禱に感謝し、貞顕に代わって天下泰平・家内安全を祈らせた兼雄は、殿にもっと信仰心をもつように釼阿どのからご忠告願いたい、と締めくくっている。

林瑞栄が強調するのは、兼雄が貞顕の信仰を篤くさせたいという部分である。治世は、結局のところ「仁政」にほかならない。集団合議制をとる貞顕は、一見、うまく探題の役目を果たしているかにみえるが、兼雄は、政界復帰後の故殿・顕時が篤い信仰に支えられながら、わずか八年で他界した悲運をおもい合わせると、さらに信仰を深くして、民に仁を施す境地にたちいたってほしいのである。

〈二代之賢太守〉（「尼随了諷誦文」）に仕えた兼雄は、近侍した顕時が実践しようとした「仁」の理想にちかづき、この乱世にあって困難が伴ったにしても、あえてたちむかう貞顕であってほしかったのである。

そのことは、「尼随了諷誦文」に書かれたごとく、精霊の〈志《こころざし》、早クニ樊籠《はんろう》ヲ脱シ〉と。鳥かごを飛び立つ鳥のように、兼雄の境涯は、俗世の煩悩から早くも脱していた。それを知るこの諷誦文の筆者こそが、卜部兼好そのひとであった。林瑞栄は、兼好の生活圏にはちゃんと倉栖兼雄がいた、というところに関連づけるのである。

兼雄の、釼阿に宛てた返書には、加持・祈禱を修する真言律の影響が色濃くみられる。そのお陰をもって大事にいたらなかったのである。

騒動が一段落すると、兼雄は長老後継者の選出にゆれる称名寺に介入し、その年十二月、釼阿を指名して解決した。このころ釼阿は、四十歳前後である。そして兼好は、兼雄を通じて金沢家と釼阿との信頼関係を鞏固《きょうこ》に結んでいたのである。

第七章　兼好帰洛のとき

遊義門院の死

金沢に逼塞する兼好に、やや明るい兆しが訪れた。宮廷の諸情況が変わってきたのだ。

年月が変ってまもなく徳治二年（一三〇七）になった。遊義門院がどことということなく御病気と申すことだったので、後宇多院が御心配されることは限りなく、いろいろとお祈り、祭り、祓えなど騒ぎたてたが、そのかいもないことで、ほんとうに情けなく、はかないことである。後宇多院もそのため剃髪されて、ひたすら仏道に精進される僧におなりになった。（井上宗雄全訳注『増鏡』）

徳治二年七月二十四日、後宇多院の寵愛した遊義門院が三十八歳の若さで病死した。そのために「治天の君」だった後宇多院は、出家して大覚寺殿にひきこもってしまった。後宇多院こそが、兼好の宮廷出仕の阻害要因であった。その院が引退したのである。

これをチャンスとみた林瑞栄は、この年某月に兼好の上洛を想定している。関靖もおなじ説を唱えているから、妥当な判断であろう。その根拠は、金沢文庫に保管された「進上《しんじょう》　称名寺侍者《じしゃ》　卜部兼好状」と書かれた懸紙《かけがみ》（封筒）と、中味書状の断簡である。

京都の兼好から、称名寺の侍者に宛てた手紙の断片が残っていたのである。筆跡鑑定の結果、兼好の真筆とされている。その書状の冒頭欄外に、こうある。
〈陳言《ちんげん》多しと雖《いえど》も愚状《ぐじょう》に載せず　併しながら下向《げこう》向顔《こうがん》の時　鬱散《うつさん》すべく候也〉（林瑞栄訳）
書きたいことはいっぱいありますが、この手紙には載せません。しかし下向してお目にかかった折りにでも憂さを晴らしましょうとあり、兼好の屈折した心境を窺わせる。とりあえず漢文で書かれた全文を、林の解読をもとに意訳してみる。

　お寺に別状なきこと悦ばしく存じます。さて上洛後は、おたよりを沢山戴きながら、どなたの訪問もうけず、よって返事も差し上げませんでした。しかも故郷を忘れられないのは、まったく君のご好意のおかげです。また華の都が住みよいのは、今上天皇がご隆盛だからです。あわせてまた、上洛の途中、歩行に難儀をしましたが、鎌倉御所に逗留して一見しました。（御所は）みな□（判読不明）難しです。京着して奈良・京都を巡礼し、これほどこころ急《せ》く思いをしたためしがありません。ただ今は、東山のあたりに住み、明夜《みょうや》（以下断）

まず林は、宛名人の「称名寺侍者」を釼阿に想定している。金沢でうけた釼阿の芳志《ほうし》に感謝し、故郷が忘れられない、と。「今上天皇」は、堀川家で生まれた後二条帝である。称名寺を出発した兼好が、鎌倉の将軍御所を一見したところまでは難なく読める。

　つぎに「難□」とあり、御所のありさまを描いている。関靖は、□の部分を「彊《きょう》」と読み、「難彊《なんきょう》」として「盛境《せいきょう》の意」と解した。この説に林瑞栄の師・山田孝雄は、賛成しなかった。「難」の字に「盛ん」という意味がなく、「彊」という字が「つよい。盛ん」という意味だからだ。林は、□を「復」と読むのだが、これにも山田は賛成しなかった。ここは「□し難し」とすべき、というのだが——。

　兼好は、だれかに推薦されて後二条帝の蔵人に就くよう上洛をうながされた。推薦者として考えられるのは、天皇の外舅《がいきゅう》・堀川具守である。具守から鎌倉の将軍・久明親王に供奉する弟・基俊に連絡があり、その基俊を訪ねて御所に泊めてもらったのであろう。そこに帝釈天の宮殿かと見《み》紛《まご》うばかりの、豪華絢爛たる構えの将軍御所をみたのである。

　そして上洛したあとに、奈良と京都を巡礼して忙しいおもいをした、と書く。

　上洛にこころ急くおもいをしたのであればわかるが、京都・奈良を巡る時間がありながら、なぜこころ急くのか。林瑞栄が疑問におもったところで、ふと書状欄外の記述に考えがいたるのである。

　宮廷づとめができると期待して上洛した兼好は、まだ周囲の情況が調っていなかった。だから時間つぶしの京都・奈良の巡礼も、そのことばかりが気懸かりで、こころ急くおもいをして友人・知友の面会もうけず、手紙も書かなかったのである。

後宇多院の出家は、ひとつの条件をクリアしたに過ぎなかった。ここで欄外にある「書きたいことはいっぱいあるが、ここには載せない」とした兼好の気持がこめられている。〈徳治の当時、具守の容関東的気分を圧服して、帰洛した兼好の宮廷入りを渋滞させるくらいの影響力の行使は、後宇多院について当然考えられるのである〉（『兼好発掘』）

権力の座をはなれた後宇多院は、相変わらず障害になっていた。そして風巻ら兼好学者が定説とする兼好の宮廷入りさえも、林瑞栄は危ぶんでいるのである。

手紙の末尾に、不完全ながら「住東山辺」とあり、住まいが東山だったことがわかる。歌友・道我が住む清閑寺にちかく、兼雄がいる六波羅が指呼の距離にある。

残念ながら「明夜」と、書いたところで欠落している。明日の夜にだれかとなにかを約束したのだろうが、それいじょうのことはわからない。

この兼好の帰洛後の手紙は、もうひとつの断簡の時期特定に役立っている。

林瑞栄が『文学』に発表した、例の金沢文庫所蔵の兼雄書状の処女論文に突き当たるのだ。

その「兼好帰洛之時」を、大殿の三十三回忌が行われた時期をめぐって関靖と林瑞栄とのあいだに論争が起きた。そしてその法要が高梨みどりの研究により、一年早めて行われ、「徳治二年十月二十三日」に挙行された史実が判明した。

つまり「兼好帰洛之時」は、徳治二年十一月末であり、帰洛した兼好は、六波羅の兄・兼雄に称名寺の手紙をとどけた。兼雄から金沢貞顕にわたされた手紙の返信を、十二月にはいってから兼雄が代筆し、「去月」となったのである。

ここでもうひとつ、京都で行われた実時三十三回忌の導師をつとめた覚守僧都である。覚守が『続千載和歌集』にも入集した天台の大納言法印の格式をもつ僧都であり、堀川大納言家の養子だったことまでは紹介したが、林瑞栄は、さらに深く追究している。

覚守は、声がよく、節回しのうまさは当代一と謳われ、徳治二年六月、兼好が帰洛する年の六月には、称名寺において声明《しょうみょう》や節をつけて読む講式《こうしき》の指導をしていた。その覚守が比叡山延暦寺の里坊《さとぼう》（自宅）・安居院《あぐい》に住まっていた。さらに驚いたことに、覚守は、兼好の出家にまでも大きく関わってくるのである。

女の誘惑を遁れる兼好

さて、兼好の宮廷入りは、実現できたかどうか。

〈時期的には一応実現が可能と考えられる兼好の後二条宮廷奉仕は、状況的には、可能性のままことに疑わしいものとなる。かりに実現したとしても、ずい分短い時の間のことでしかなかったのではあるまいか〉（『兼好発掘』）

そんな短いあいだの逸話であろうか。そうであれば、明けて徳治三年（一三〇八年）の冬である。兼好の「自讃」と称する徒然草第二百三十八段がある。

〈御随身《みずいじん》の近友《ちかとも》（当時有名だった舎人。競馬の名人）の自讃《じさん》（自慢話）と言って、七箇条を書きとめたことがあった。みな馬術に関することで、さほどの内容ではなかった。その例を思って、私にも自讃のことが七つある〉

と、自讃を七項目挙げた最後に登場する。

［第二百三十八段］**御随身近友（「自讃」七番）**

一、二月十五日の、月の明るい夜に、夜更けて千本寺に詣でて、後ろから入って、ひとり顔を頭巾で深く隠して聴聞《ちょうもん》しておりましたところ、素晴らしい女の、姿や香りがひとより格段に良いのが、割り込んできて、（私の）膝に寄り掛かると、匂いなども（私の）身体にしみつくほどでしたので、具合が悪いと思って、膝をずらしましたところ、なおもすり寄って、同じ格好になりましたから、立ちました。後日、ある御所方の古株の女房が、とりとめもない話のついでに、「ほんに冷たいお方ですこと、お見下げしたことがございました。（あなたを）つれない方とお恨みしているものもおりますのよ」とおっしゃるので、「さて、なんのことかとんと心得ませぬが」と申し上げて終わった。この事件、のちに聞かされましたのは、あの聴聞の夜、さる高貴なご婦人が別室から（私を）お見つけになり、お側の侍女を念入りにお化粧させてお出しになられ、「首尾よく行ったら、言葉などかけるが良い。どのように反応するか、そのありさまを帰ってから報告せよ。おもしろいぞよ」と言って、お謀りになられたそうである。

御所内における新人蔵人・兼好は、女御たちに注目されていた。だから「頭巾」で顔を隠して通称・千本釈迦堂、大報恩寺で行われた涅槃会の法話を聴聞していたのである。

さて話は変わって、徳治三年八月五日、嫡子・守邦《もりくに》親王に将軍職を譲った久明親王は、京都へ帰されて出家している。そして同月二十五日には、後二条帝が崩御。宝算《ほうさん》二十四。兼好の入洛から九ヶ月後のことである。

林瑞栄が兼好の宮廷入りに悲観的だったのは、この崩御のせいである。

『兼好法師家集』に先帝を偲《しの》ぶつぎの歌がある。まず詞書《ことばがき》を平文にしてみる。

《後二条院がお書きになられた歌の題の裏に、お経を書かせて戴きましょうといって、（生母の）西華門院さまよりひとびとに詠ませられた、夢に逢う恋を》

〈うちとけてまどろむとしもなき物をあふとみつるやうつ〻《現》なるらん［五五］（くつろいで、

うとうとしたわけでもございませんが、お逢いしたのは現実でしたのでしょうか——拙訳)〉

この兼好の歌は、幼いころから親しんだ後二条帝が二十四歳の若さでこの世を去った儚《はかな》い関係があって、より強烈なおもいとなって訴えかける。その生母・西華門院は、兼好たちが先帝を詠んだ歌の紙の裏に写経するつもりだったのである。

この年、兼好は、三十一歳。林瑞栄は、これを兼好出家の動機とみるのである。

同年十一月、持明院統の富仁《とみひと》皇太子は、十二歳で花園天皇となった。

その皇太子には、後二条帝の第一皇子で九歳になる邦良《くになが》親王をたてるべきところを、父・後宇多院の幕府への強引な働きかけにより、中継ぎを条件に後二条帝の弟・尊治《たかはる》親王（のちの後醍醐帝）がたてられた。尊治親王は、このとき二十一歳である。

そして延慶二年（一三〇九年）一月、六波羅探題南方をつとめあげた金沢貞顕が鎌倉へ戻り、倉栖兼雄もまた、それに同道して京都を去る。

つぎの段は、さきに挙げた徒然草第二百三十八段「自讃」七項目のなかのひとつである。入廷が短期間におわった兼好は、堀川具守に庇護されていた。なにかの用事があってその具守を、皇太子御所に訪ねたときの記述。ちなみに通説では、具守ではなく具親を比定しているが、林瑞栄は、その説をとらない。勉強もロクにしない十七歳の青年具親が相手では、自慢ばなしにもならないからである。

［第二百三十八段］御随身近友（「自讃」二番）

一、当代（後醍醐天皇）が、まだ（皇太子として）坊（春宮）におられましたころ、万里小路殿《までのこうじどの》（藤原宣房邸）が東宮御所でございましたが、堀川大納言殿（具守）が伺候しておいでになられた控室へ、用事がございまして参上しましたところ、論語の四、五、六の巻を広げておられ、「ちょうど今、東宮御所で、紫の朱《あけ》を奪うことを悪《にく》むと言う文章をご覧あそばされたいことがあって、御本をご覧になっておられたが、お見つけになれないでおられた。『もっと良く探して見よ』と仰せられて、探しているところだ」とおっしゃるので、「九の巻のどこそこのあたりにございます」と申し上げたところ、「あれ嬉しや」と言って、持って参られた。

これくらいのことは、子供でもよくあることだが、昔のひとはちょっとしたことでも大層自慢したものだ。後鳥羽院の、御歌に、「袖《そで》と袂《たもと》と、一首のなかにあるのは悪いだろうか」と定家卿《ていか》（藤原氏）にご下問なされました際に、「『秋の野の草の袂か花薄穂《はなすすきほ》に出《い》でて招く袖と見ゆらん』（『古今集』）がございますから、何の差し支えがございましょうか」と、お答え申し上げたことをも、「肝心なときに本歌を明確に覚えていた。歌道の、知らず知らずにうけた神仏のご加護であり、強運であった」と、大袈裟に書きつけておられた。九条相国九条伊通《これみち》公の款状《かじょう》（官位を請い望む上文）にも、特別なことでもない題目を書き載せて、自慢しておられる。

淳和・奨学院別当だった堀川具守は、兼好の博識に面目を施したのである。しかしまた、この場面は、別の意味で重要なところである。尊治皇太子が求めた論語の部分が、のちに倒幕運動に関係してくるからである。ここは、改めて詳述する。

翌延慶三年（一三一〇年）四月、具守は、左大将を辞任。また権中納言に昇進する直前にあった孫の具親は、弱冠十七歳ながら出世街道を走っていた。

第八章　兼好の出家

弓の名人

延慶三年（一三一〇年）六月、ふたたび六波羅探題北方に任命された金沢貞顕は、上洛した。とうぜん祐筆・倉栖兼雄も随従している。

ここで兼好は、久方ぶりに弓の名人として京都御所に姿をあらわす。

冨倉徳次郎は、『兼好法師研究』のなかで、霄雨軒月尋《しょううけんげつじん》（藤岡月尋。一六五八〜一七一五年）なる俳人が所持した『兼好法師傳』（著者は不明）に掲載されているという、二十五項目の兼好をめぐる「伝説」を紹介している。

そのなかのひとつ、延慶三年六月十四日の条に、〈萩戸の隅に化鳥《けちょう》を射る事〉と題した項目がある。漢文による原文を訳出・引用してみる。

六月十四日、左兵衛佐《さひょうえのすけ》（内裏《だいり》諸門の警備次長）卜部兼好は、勤務当番に就いていたとのことだが、滝口（清涼殿の東北）の警護役から宮中に仕える童子を通じて報告された。

退出時刻の夕暮れどき、萩戸の隅の庭に二羽の怪しい鳥がいた。兼好朝臣は、背負った矢筒から矢をとり、弓をもって怪鳥に放てば、過たずに庭に落ちた。一羽は鴨《かも》に似て足に黒毛がはえ、一羽は雁《かり》に似てからだが赤かった。医者で儒者をかねる男は、その鳥の名を知らなかった。しばらくして二匹の狐に化けて逃げ去った。兼好朝臣の功名は、公家たちを感心させた。奇妙な鳥がいるものだと云々。(冨倉徳次郎著『兼好法師研究』所収)

兼好は、このとき三十二歳。名前の下に「朝臣」とつけば位階は四位《よんみ》を示し、昇殿をゆるされた殿上人である。ちなみに、延慶四年一月、堀川具親は、正三位、左衛門督《さえもんのかみ》に就任。兼好は、左兵衛佐《さひょうえのすけ》。具親が御所諸門護衛の長官で、兼好が警備次長という関係になる。かつての具親の父・具俊と、金沢貞顕の関係に似ている。任期は、一年から三年である。国司(京都の場合、六波羅探題北方・金沢貞顕)の推薦をうけて六波羅探題が採用するわけだから、武人・卜部兼好の左兵衛佐就任は、当然のことながらあり得る。武人で歌人、西行《さいぎょう》がそうだ。兼好だって——。

東山に住む兼好

さて、延慶四年四月、改元されて応長《おうちょう》になった。そのころ兼好は、東山に住んでいた。おもしろい記述が、徒然草にある。

［第五十段］**応長の比**

応長(一三一一〜一二年)の比《ころ》、伊勢国から、女の鬼になったのを連れて上京したという事件があって、そのころ二十日ばかり、毎日、京都の白川（新興住宅地）のひとびとが、鬼見物と称して出歩いた。「昨日は、西園寺（のちの金閣寺）に行った」、「今日は、院（持明院殿）へお訪ねするそうだ」、「ただ今は、どこそこに」などと言い合った。まさしく見たというひともなく、ウソというひともいなかった。身分の上下を問わず、ただ鬼の話題でもちきりでやまなかった。

そのころ、東山から安居院《あぐい》（上京区大宮通り）あたりへ行ったところ、四条から北にかけての人々が、みな北をめざして走る。「一条室町（御所西北隅）に鬼がいるぞーっ」と、騒ぎたてる。今出川《いまでがわ》（室町近く）のあたりから眺めやると、院の御桟敷（上皇の賀茂祭見物の常設桟敷）のあたりは、まったく通れないほど混雑している。

これはデタラメではないと思って、ひとをやって見てこさせたところが、ほとんど会えたものはいない。日が暮れるまでこうして騒いで、挙句の果てに喧嘩が起きて、なんともあきれたことなどがあった。

そのころ、世間で広く、二、三日ひとが病気になることがございましたので、あの鬼のホラ話は、この予兆ではなかったか、と言うひともございました。

おもしろいのは鬼の話ではなく、兼好が「東山から安居院あたり」へ、供をつれて行ったくだりである。このころ兼好は、東山に住んでいた、と林瑞栄は指摘する。そして兼好がさりげなく「安居院」と書いたところが、また興味深い。

安居院は、天台宗の僧の里坊だが、ここに住んでいた「安居院の法印」が覚守僧都だとは、前述した。鬼のうわさにかこつけて、覚守を訪ねたりもしたのであろう。

この兼好の東山居住を発見したのは、林瑞栄が最初ではなかった。

さきの「応長の比」の鬼の話に着目した江戸初期の俳人・北村季吟《きぎん》（一六二四〜一七〇五年）は、その著『徒然草文段抄』に、〈その比《ころ》、東山より安居院《あぐゐ》辺《あたり》へ罷《まか》り侍《はんべ》りしに〉［第五十段原文］をとりあげ、「東山ノ住居」と、注釈をくわえていた。

いらい三百年余のあいだ、この注釈は見過ごされてきた。「双《ならび》の岡に住む」兼好のイメージが定着し、「兼好書状」が金沢文庫古文書に採録されてからでさえも、「東山」に関心を示す学者は、ひとりも現れなかったのである。

兼好は、東山の寓居から東へ歩いて阿弥陀《あみだ》ヶ峰《みね》の麓を散策したのであろう。徒然草に〈鳥部《とりべ》山《やま》の煙立ち去らでのみ住み果つる習ひならば〉（第七段）と書いた有名な部分が、ここらあたりの墓場である。

兼好がのちに買う山科小野庄は、阿弥陀ヶ峰を越したところにある。林瑞栄は、この山科の里に「住みついた」という定説にさえ疑義を差し挟むのだが、視点を兼好の「金沢出生」説にすると、すべての風景が変わってしまうのである。生活安定のためではあるが、兼好がみずから望んで購入したものではないからである。

兼好の出家

応長二年（一三一二年）の某月、兼好は、官を辞して修学院などで修行をしたあと比叡山に登り、横川《よかわ》に入った。三十四歳のころである。

林瑞栄によれば、後二条帝の崩御により再度、宮廷奉仕の望みが断たれた兼好は、出家を念願しながら、その実現が持ち越されていたという。

［第五十九段］大事を思ひ立たん人

大事（世俗を捨てて仏道に入ること）を思い立ったひとは、去りがたい、気にかかる用事をやり遂げないで、そっくり捨てるべきである。「しばらく待とう。この仕事を終えてから」、「どうせなら、あの仕事を済ましてから」、「これこれのことは、ひとが嘲り笑うであろう。先々に非難されないように処理しておいて」、「長年かかっても困るが、そのことを待とう、長くはかかるまい。あわてないように」などと思えば、去りがたいことが次々に重なって、ことの尽きる限りもなく、決心する日もあろうはずがなく、大方のひとを見ると、少し発心するさいには、みな、このあらましだけで一生は終わってしまうようである。

近くの火事から逃げるひとは、「しばらく待て」と言うであろうか。わが身を守ろうとすれば、恥じも外聞もなく、財産をも捨てて逃げるであろう。命はひとの都合など構ってくれるものか。無常の定めが来ることは、洪水や火事が迫るよりも速く、遁れ難いものなのに、そのとき、年とった親、幼い子供、主人への恩義、ひとの情愛、捨て難いからと言って捨てないであろうか。

兼好の横川入山は、このように切実なおもいがあっての決断であった。

この入山には、覚守僧都の手引きがあったと考えられる。覚守は、『作者部類』（元盛撰・光之補。一三三七年成立）に「横川長吏《ちょうり》」とあり、横川楞厳院《りょうごんいん》の座主《ざす》だったのである。

この人脈に突き当たった林瑞栄は、兼好の横川出家を覚守の導きによるものと確信した。そして林は、兼好の出家をこの時代と推断。満を持した出家であり、昨日今日にはじまった衝動ではなかった。にもかかわらず世俗の人々は、兼好を訪ねて悩ませるのである。

『兼好法師家集』に一連の詞書と歌がある。

《ひとに知られたくないと思っておりましたころ、故郷のひとが横川まで訪ねきて、世の

中のことなどを言うのが大変にめんどうでした》［詞書］
〈としふればとひ《訪》こぬ人もなかりけりよのかくれが《隠処》とおもふ《しめし》やま地《山路》を［一二九］（月日が経つと、大勢のひとが訪れました、世の隠れ家と思う山路を—拙訳）〉
《だけど帰ったあと、実に物足りないものでした》［詞書］
〈山ざとはとは《訪》れぬよりもとふ《訪》人のかへりてのちぞさびしかりける［一三〇］（山里は人が訪ねて来ないより、来た人が帰ったあとが寂しいものでした—同）〉
《どうしたはずみか、人恋しいときもあります》［詞書］
〈あらしふくみ山のいほ《庵》のゆふぐれをふるさと人はきてもとは《訪》なん［一三一］（嵐が吹く御山の庵の夕暮れを、故郷の人が訪ねてくれると嬉しいのですが、来ませんものね—同）〉

〈「故郷人」というのは、漠然とした一般人ではなく、兼好の血縁者に近い人、兼好が起き臥しの生活をしていた地域の人、と考えられる〉（桑原博史著『人生の達人　兼好法師』新典社刊）

帰ったあとが寂しくなるほどだから、慣れ親しんだ武蔵の国の者であり、兄とか母とかもいたであろう。堀川具親、洞院公賢なども考えられる。ひょっとしたら、弟の兼清《かねきよ》も訪ねてきたのかもしれない。斎宮に身を寄せた兼清は、伊勢外宮《げくう》の一禰宜《いちのねぎ》（長官）の次男・度会常昌《わたらいつねよし》について伊勢神道を学んでいたが、天台の僧・公尋《こうじん》のもとで出家し、慈遍と名乗るのがこのころとおもわれる。

兼好の一日は、等身大の釈迦座像に、生きたひとのごとくに仏飯と水をお供えしてはじまる。そして古くなった「生身供《いきみぐ》」の作法書を新たに書き写したり、歌を詠み、瞑想したりする。その生身供のなかに、仏前に扇を供える作法があった。

《持っていた扇を仏に奉納しようとして》［詞書］

〈つね《常》にすむ《澄》み山の月にたとふ《譬》なるあふぎ《扇》の風にくもやはるらん［六二］（いつも澄んでいるお山の月に譬えましょうか、扇の風に雲も晴れましょう——拙訳）〉

兼好は、自らの心の暗雲を念頭に置いたのであろう。

〈自分はいま、扇を仏に奉ることによって、扇の風が涼を仏におくり奉ると同時に、わが胸中に低迷する煩悩の雲を吹き払ってくれるだろうと期待しているのである〉（『兼好発掘』）

林瑞栄は、それを兼好出家の決意としたのである。

宮廷歌壇

京都の歌壇は、藤原定家《ふじわらのていか》を祖とする二条為世《ためよ》の二条派と、京極為兼《ためかね》の京極派、そして冷泉為《ため》相《すけ》の冷泉派に分流していた。しかしこの時期、冷泉為相は、まだ鎌倉を往復して頭角をあらわしておらず、二条為世は大覚寺統の、京極為兼は持明院統の後ろ楯をえて終生のライバルになっていた。

正安三年（一三〇一年）、二条為世が後宇多院の命をうけて『新後撰和歌集』の撰者になったのは、京極為兼が謀反の嫌疑で佐渡に配流されているこの時期である。

もちろん、兼好の歌が歴代の歌人に伍して採用されるには早すぎるが、やがて二条派四天王とよばれる頓阿《とんあ》、慶運《きょううん》、浄弁《じょうべん》、兼好らにとって好ましい流れになっていた。

ところが、嘉元元年（一三〇三年）四月、その京極為兼が五年ぶりに京都に還ってきた。鎌倉から京都に戻っていた冷泉為相は、京極為兼を自宅に招いて歌会を行っている。そして為兼は、徐々に宮廷歌壇の中央に返り咲くのである。

為世と為兼の双方に通じていた兼好は、ふたりのエピソードを徒然草に書いている。

まず、二条為世のほうだが――。

［第二百三十段］**五条内裏**
五条の内裏には、化物がいた。藤大納言《とうだいなごん》（二条為世）がお話しになられたところでは、殿上人《てんじょうびと》たちが、黒戸《くろど》（天皇の常の間）で碁を打っているときに、御簾《みす》を上げて覗くものがある。「誰だ」と振り向いて見ると、狐が、人間のように座って覗いていたので、「あれまぁ、狐だぁ」と騒がれて、まごついて逃げて行ったそうな。

未熟な狐が、化け損ねたのであろう。

この妖怪ばなしは、二条為世の若いころの体験だが、時期の特定はできていない。宮中にはこの種の怪談が流行ったというから、そのひとつとして載せたのだろうか。

つぎに京極為兼である。こちらの逸話は、正和四年（一三一五年）十二月と、時期もはっきりしている。これから起きる事件だが、おもしろい人物が登場してくる。

［第百五十三段］**為兼大納言入道**

為兼《ためかね》の大納言入道（京極為兼）が召し捕られて、武士どもに取り囲まれて、六波羅探題へ率いて行けば、資朝《すけとも》卿（日野資朝）は、一条大路のあたりにこれを見て、「あれまぁ、羨ましい。この世にあってほしい思い出は、このようでこそありたいものだ」と、言われた。

公家には、天皇親政派と幕府追随派とがあり、京極為兼は前者である。宮廷歌壇は、政治と密着していた。とりわけ政治色の強い為兼はこのあと土佐に流されるが、東国武士に示した反骨の生き方が、日野資朝を感激させたとされている。このとき二十六歳の資朝は、鼻っ柱の強い、曲直《きょくちょく》をはっきりと口にする性格だったようだ。ついでながら、その資朝の逸話も紹介しておこう。率直過ぎる人柄を彷彿とさせる。

［第百五十四段］この人

このひと（日野資朝）が、東寺の門に雨宿りされていたときのこと、集まっていた不具者たちが、手も足も捩《ねじ》れゆがみ、反り返って、どこもかしこも不具で異様なのを見て、それぞれに較べようもない変わり者である、極めて愛賞するに足ると思って見守っておられるうちに、やがてその興味も尽きて、みにくく厭《いと》わしく思われたので、ただ生来奇異なものには敵《かな》わないと思って、屋敷に帰ったあと、このごろ植木が好きで、異様に曲りくねったものを買い求めて、目を楽しませていたのは、あの不具者をおもしろがっているようなものだと、興ざめに感じられて、鉢に植えられた木を、すべて掘り起こしてお捨てになってしまった。

いかにも、ありそうなことである。

延慶三年（一三一〇）、二条為世が『玉葉和歌集』の撰者をめぐって訴陳状をつきつけ、京極為兼との正統争いが始まった。結局は、持明院統の伏見院と花園帝に密着した為兼が勝ち、敗れた為世は閑居を余儀なくされた。そして為兼が単独撰者になった。

〈正和元年（一三一二）三月二十八日奏進された。『玉葉集《ぎょくようしゅう》』というのである。（中略）この上もない伏見院の御寵愛の人で、このように撰者にも定まったのであった。そねむ人も多かったが、それは障害にはならない〉（井上宗雄全訳注『増鏡』）

為兼の『玉葉和歌集』は、のちに増補・改訂する杜撰《ずさん》なものだったが、為兼の勢いを内外に示すには充分であった。

正和二年二月、伏見院は、出家するつもりだったが、同年七月に後伏見院と広義門院（西園寺公衡の娘）との間に量仁《かずひと》親王（のちの光厳天皇）が誕生したころから、出家を延期した。ここで京極為兼は、持明院統擁立に暗躍する。そして量仁王は、はやくも翌八月には親王宣下されて将来の天皇候補となった。

これを見定めた伏見院は、同年十月、比叡山座主大僧正・公什《きんじゅう》を戒師として出家。京極為兼も連れだって出家する。とはいえ、為兼がおとなしく閑居するわけがなかった。

山科の土地購入

横川入山のころの兼好は、世にいう歌人としては無名であった。

井上宗雄は、『中世歌壇史の研究　南北朝期』（明治書院刊）のなかで、つぎのように書く。

もし正和期（一三一二〜一七年）までにおける二条派歌壇の主流の概況であったとしたら、有名な和歌四天王といわれた四人の法体歌人の内、兼好だけがここには登場しないのである。それは歌壇でまだ認められなかったという事を意味しているようにみえるが、一方、続千載に一首、続現葉に三首も採られているという事は、文保三年までに（続現葉の場合、一応そのあらかたが元亨頃には撰了されたと見て）兼好が、為世《ためよ》か二条派の中枢の目に止まっていた事をも示す訳である。

慎重な筆の運びだが、井上は、兼好の歌が『続千載和歌集（一三二〇年成立）』と『続現葉和歌集（一三二一年成立）』に入集している事実をふまえて、その選考期間を勘案すれば、文保三年（一三一九年）まえに関係者には知られていた、と指摘するに留まる。

兼好が二条為世の歌壇に入門したのは、永仁六年（一二九八年）のころであり、翌正安元年（一二九九年）には「小倉の実教卿」や「具守の継嗣・具俊」との贈答歌が自撰家集に納められている。井上宗雄の説を遡ること二十年である。

いっさいを擲《なげう》つ覚悟で横川に入山した兼好は、歌の道だけは捨てなかった。すでにいくつかの詠歌を紹介したように、衆生済度《しゆじようさいど》の僧侶になるつもりもなかったのである。

横川の暮らしぶりは、ご近所の差し入ればかり。食うには困らないというけれど、

「さあ、かねよしも、そろそろお寺で修行ばかりもしていられませんわねぇ。なんとか食べてゆく手立てを考えてあげませんと……」

と、いかにも母が倉栖家の当主・兼雄にいいだしそうな貧乏暮らしである。

正和二年（一三一三年）八月末であろうか。兼好が入山してやっと一年がたつかたたないかのころ、土地購入の話が持ち上がった。

かねて随了尼が倉栖兼雄に懇請していた、兼好の食い扶持の田地である。兼雄は、俗世を離れた息子のゆくすえを案じる母心に応えられる身分であった。

「では、そのうちに」と、生返事をしていたかに見えた兼雄がとつぜんに、

「母上、ちょうどほどよい売りがでました。山科ですが、都にも近いですから」

と、山科小野庄《おののしょう》の田地一町歩が入手できそうだという。

所有者は、六条有忠《ありただ》、当時三十二歳の公家である。

この六条家は、堀川家と同族。村上源氏の本家筋となる久我《こが》家の流れであり、有忠の父・有房は延慶元年（一三〇八年）には、権大納言・院伝奏を兼ね、宮廷歌人としても知られた高官だった。ところが同年、持明院統の花園天皇の御代になり、大覚寺統の後宇多院に近侍した有房は逼塞《ひっそく》し、有忠もまた散官《さんかん》の身となって不遇をかこつようになった。

あれから五年、六条有忠は、所領の一部を売却しようという。堀川家の同族であれば、内々

の情報も伝わるはずである。宮廷の歌会には、有房・有忠親子とともに堀川具守の名があり、よしんば有忠に売る意思がなかったにせよ、堀川家ゆかりの六波羅につながる人脈をもつ兼好が食い扶持を求めていると知れば、これ幸いとばかりに手放したであろう。

「では、一刻もはやくかねよしにそれを」

と、随了尼に急かされた兼雄は、購入する。これが林瑞栄の山科の庵に関する解釈であり、兼好が出家して、対外的に「御房」と呼ばれた最初である。

直銭《じきせん》（支払った金銭）は、九十貫文《かんもん》。一貫文が米一石《こく》に値し、一石は十俵。ひと独りが一年間生活できる米の量である。一俵は、六十キログラムであり、これを現代の米価を一キロ五百円として計算すれば、二千七百万円となる。山科の土地、三千坪の値段である。小作人が十人ほどいて、年貢米が十石ばかり。生まれて初めて地主になった兼好は、住まいに対する関心を示し、隠棲する自らを他人の姿に投影してみるのである。

［第十一段］神無月のころ

十月《かんなづき》（正和二年・一三一三年）のころ、栗栖野《くるすの》（京都・山科）というところを過ぎて、ある山里に（ひとを）捜して入ったことがあったが、遠くにつづく苔むした細道を分け行ったところに、わびしげに住む庵があった。木の葉に埋もれた懸樋《かけひ》（水を引く樋《とい》）から落ちる雫《しずく》のほかに、誰も訪れるものはない。閼伽棚《あかだな》（浄水を汲む器の置き棚）に菊や紅葉などを折って散らしたさまは、やはり住むひとがいるからであろう。

こんなところにも（ひとが）いるかと、感心して眺めていると、向こうの庭に、大きな蜜柑の木の、枝もたわわに実ったのが、まわりを厳重に囲ってあったのを見て、少し興ざめになり、この木がなければ良かったのに、と感じ入ったものである。

これが山科小野庄であろう。あたかも山間僻地のように描いてあるが、小野小町ゆかりの門跡寺・随心院があり、奈良に通じる街道には人通りもけっこうあったとおもわれる。

ひとは、わずかばかりの財産さえ守ろうとする。だが、それになんの価値があろうか。真に価値あるものは、無一物《むいちぶつ》になっても心豊かな清談ができる学問なのである。

［第十八段］**人は、己れを**

ひとは、己を質素にし、贅沢を避け、財産をもたず、俗世の名声・利益を欲しがらないのが立派である。昔から、賢人が金持ちになるのは、稀である。

唐土《もろこし》の許由《きよゆう》（伝説上の賢人）と言ったひとは、いささかの身にまとう蓄えもなく、水でさえ両手に捧げて飲む姿を見て、瓢箪《ひょうたん》なるものをひとがくれたのだが、あるとき木にかけておいたら、風に吹かれて鳴ったのを、うるさいからと言って捨てた。そうして両手ですくって水を飲んだのである。どんなにか、心もすっきりとしたことであろうか。孫晨《そんしん》（これも唐土のひと）は、冬の数ヶ月のあいだ布団がなかったので、藁がひと束あったのを、夜にはこれに寝て、朝には片づけていた。

唐土のひとは、これを素晴らしいと思えばこそ、書物に書き留めて伝えたのであろう。わが国では、（書き残すどころか）語り伝えてさえもいないのである。

だいたい日本人は、学があっても貧乏を軽んじる。ところが中国では、どんなに貧乏であっても、学を最高の徳とうけとめる。だから中国では貧乏を誇りとした賢人たちを、記録に留める。なのに日本では、話にさえ伝えようとしない。

地位であれ財産であれ、この世の栄耀栄華といわれるもので、永久に続いた例などひとつもないではないか。中国の古典や、日本の昔の博士たちが書いた書物には、それがあるからこそ深く感動できる。それを超えるものが現世にあるのか、疑わしい限りである。

とまぁ、少し意気込んでいるかにみえる兼好は、とにもかくにも三十五歳になって初めて生活の糧だけは確保したわけである。

第九章 下山と沙弥兼好

兼好の下山

正和三年（一三一四年）夏、横川在山足掛け三年となった兼好は、はやくも下山せざるを得なくなった。周囲の環境が、鎌倉縁者の修行を赦さなかったからだ。

同年五月、京都東山にある新日吉社《いまひえしゃ》の神人《しんじん》と六波羅の武士が斬り合い、双方に死者が多数でたうえに社殿が破却された。金沢貞顕が六波羅北方に在任中のことである。

六波羅探題の間近にあった新日吉社は、消失してから四十八年ぶりに再建され、神人たちが遷宮の祭礼を執り行う準備をしていた。祝賀気分に沸くその新日吉社へ、比叡山の成仏《じょうぶつ》法師なるものが「差符《さしふ》の榊《さかき》」を送りつけてきた。差符というのは、訴訟人からの召喚状をいうが、それに似せたいやがらせの文を榊の枝にむすびつけて届けたものらしい。

もともと比叡山延暦寺は、京都の鬼門にあって御所の災厄を取り除き、五穀豊穣を祈願して創建された。その延暦寺の鎮守の神が日吉《ひえ》神社、すなわち全国の日枝《ひえ》神社の総本社である。ところが両社は犬猿の仲で、闘争の歴史をくりかえしてきた。

これを洛内の東山に勧請したのが新日吉社であった。いやがらせをうけた新日吉社の神人たちは、寄り集まってどのように対処すべきか衆議していた。ここは大人しく挨拶に出向くべきか、それとも前祝いにゲンコツでも一発喰らわせてやるか。

徒然草第一段に、〈僧侶ほど羨ましくないものはありますまい。「世間からは、木っ端のように思われていることよ」と清少納言が書いている云々〉とあるのがこれである。

これに、洛中における不穏な動きが重なる。

このところ、大和国の春日社、興福寺、東大寺、多武峰《とうのみね》寺などの衆徒がご神木を担いで都に押し寄せ、また洛外の延暦寺は日吉山王権現の御輿を、石清水八幡宮もご神体を洛内に担ぎ入れて六波羅に強訴。金沢貞顕は、ともに鎮圧して大和に地頭を配置し、洛内の警戒を強化していた。そんなところへ、目と鼻の先にある新日吉社の神人が衆議しているとの情報が舞い込んだのである。

そして五月一日、ついに六波羅の武士が新日吉社に踏み込んだ。

『花園院宸記《しんき》』五月一日の条を平文にする。

〈一日、晴天。本日聞くところによれば、新日吉社において、武士と日吉神人らとのあいだに喧嘩ありとの事云々、武人三人殺され、神人多数が武士に殺され云々、また武士は新日吉社宝殿を破却す云々、稀代の珍事かな〉

と、祭り気分の社殿は、修羅場と化した。同『宸記』五月七日と八日の条には、

〈七日、午前中晴、午後雨。終日降り止まず。本日山門衆徒と貞顕（六波羅北方なり）は、合戦となり、押し寄せるとの噂が立った。京中騒動し、六波羅に武士多数がはせ参じた〉

比叡山の衆徒も、押しかけるであろうと噂がたって騒然となる。六波羅は、垣根に楯を張り巡らし、門を閉ざして臨戦態勢をとる。一触即発の情況は、夜までつづく。

〈八日　晴、夜になり小雨降る。夜に入って比叡山上に火あり、五、六町連なるのが見える。武士、騒いで六波羅に向かう。明け方に退散す〉

比叡山の兵が退散してことなきをえた。六波羅は、鎌倉に使者を派遣して顚末を報告し、首謀者処分の沙汰を待つのであった。

そして六月三日、入洛した関東の使者・長崎四郎左衛門尉《しろうさえもんのじょう》は、関東申次・西園寺公衡《きんひら》に、〈天台座主・公什《きんじゅう》は、所職を解任して所領を没収。新日吉社の喧嘩の張本人は、三門跡に命じて召し捕らえること〉（『花園院宸記』の平文）と伝えるのである。

三門跡とは、東山にある妙法院と青蓮院《しょうれんいん》、大原の三千院の門跡である。いずれも最澄が創建した寺であり、皇室・公卿から座主を迎える。

西園寺公経の孫にあたる公什は、その玄孫《やしゃご》となる公衡《きんひら》とは同族。しかも公什は、幼いころより叡明を恣《ほしいまま》にした天台座主であった。西園寺一族の期待に応えた公什は、ついに仏教界の頂点に立ち、伏見院の戒師をつとめるに到ったのである。それがいまは、幕府に裁かれる身の上である。これを伝達する西園寺公衡も、つらい立場にあった。

公衡の人物像を、兼好は徒然草に書いている。

［第八十三段］　竹林院入道

竹林院の入道左大臣殿（西園寺公衡《きんひら》）は、太政大臣に昇格されるのに、何の障害もございませんでしたが、「とりたてて珍しいこともない。一上《いちのかみ》（左大臣）で辞める」とおっしゃって、出家なされた。洞院の左大臣殿（藤原実泰）は、このことに感心されて、相国《しょうこく》（太政大臣の唐名）を望まれなかった。

昔から、「亢竜《こうりゅう》の悔《くい》あり（昇りつめた竜には、悔いがある）」とか言うこともございます。月は、満ちては欠け、ものごとは盛りになっては衰える。万事、先が詰まったのは、破局に近いという道理である。

西園寺公衡は、このように小欲のひとであった。ちなみにこの年、公什は七十七歳、公衡は五十一歳。ともに望まぬ幕府の裁定に従うほかなかった。そして兼好は、この騒動によって下山を余儀なくされるのである。

『兼好法師家集』には、この時期とおもわれる和歌が三首ある。一首だけ紹介しておこう。

《思いもよらないようなことばかりがありまして》［詞書］

〈すめばまたうき世なりけりよそながらおもひしまゝの山ざともがな　［七九］（住んでみれば又

憂き世でした、思い描いたような山里があったらなぁ──拙訳）〉

出家の境涯にありながら、なおも世俗のくびきから逃れない身の上を嘆くのである。ここで把握しておくべきは、八年後、山科の土地を手放すときに自ら名乗った「沙弥《しゃみ》」の身分である。沙弥とは、出家していまだ僧にはなっていないひとをいう。つまり兼好は、随了尼が諷誦文に「うらべのかねよし」と書いたように、家族からは俗名で呼ばれ、出家に至らない半僧半俗だったと解釈できる。

兼好を温かく迎えたのは、母ばかりか、堀川具守そのひとであった。具守はこの年、六十五歳。孫の継嗣・具親は二十歳。兼好は、三十六歳である。

このところ健康を害していた具守は、若い具親に信頼がおける学識豊かな兼好が必要だった。さらには関東との関係を鞏固にするためにもそばに置きたい。そして兼好を再び家司に雇った、と林瑞栄は見るのである。

下山した兼好は、ひとまず堀川家に身を寄せたにはちがいない。

その堀川家は、現在の京都国際ホテル、中京区堀川通二条城前にあった。御所までは、歩いたところで二十分ぐらいの、洛中のなかの洛中である。

ところが、その年の十一月、倉栖兼雄は、貞顕の下向に伴って京都を去る。兼好が兼雄から随了尼を託されたとすれば、母の家に寄寓する可能性が高い。

では兼雄は、どのような場所に母を住まわせたか。

兼雄がたまには覗ける洛内だとすれば、六波羅にちかい東山か、それとも長閑な棚田を見下ろす双ヶ岡《ならび》の村落か。わたしは双ヶ岡だとおもう。理由は、後述する。

双ヶ岡から堀川家や大覚寺までは、四キロ前後で、徒歩五十分ぐらい。双ヶ岡と仁和寺はともに御室《おむろ》で指呼の距離にある。徒然草の題材に事欠かない至便の場所である。

家司の出勤は、午前六時半ごろであろうか。具親が戻る昼どきまでに雑用を済ませ、退出するのが夕刻である。そのあと二条為世の歌会に出席し、浄弁、頓阿、慶運など二条派の門人や、道我といった歌友との交流もできる。兼好にとって、やっと手にした平穏な日々であったといえる。

ところが正和四年（一三一五年）三月、数々の重職を歴任した堀川具守が、ついに内大臣をも辞した。健康状態が覚束なくなったのである。

具親は、検非違使長官を務め、宮中行事の春日社参向などに供奉しているが、弱冠の二十歳では一人前とはいかない。具守の兼好によせる期待は、こうして高まっていくのである。

鎌倉の異変

正和四年三月八日夜、鎌倉は、大火に見舞われた。

港湾部の和賀江《わがえ》（材木座の古名）より失火し、南から吹く強風にあおられて鶴岡八幡宮、政所、問注所、若宮別当坊へ類焼し、建長寺の塔までがことごとく焼け落ちた。まさに猛火といった修羅場である。山稜から町家まですっかり呑み込んだ炎は、三日間燃えつづけた。そして幕府の機能は、完全に麻痺した。

三月十五日午前十時ごろ、関東申次の西園寺公衡のもとに、使者の糟屋《かすや》次郎がきた。

糟屋次郎が伝えるには、鎌倉の将軍・守邦親王の御所をはじめ、前執権・貞時の遺児・高時、現執権・北条熙時《ひろとき》、六波羅探題南方・北条維貞留守宅などを消失したが、在京の武士および西国の御家人は、鎌倉に馳せ参じる必要なしとのこと。将軍は、連署・北条基時の亀ヶ谷庵にあって無事であった、などなど——。

このとき執権・熙時は、重傷を負ったのであろうか。この執権空白の時期、代わって指揮を執ったのは、得宗家の内管領・長崎左衛門入道円喜《えんき》（高綱）であった。前年の六月、幕府の使者として入洛した長崎四郎左衛門尉は、その一族である。

新日吉社騒動の幕府裁定は、前述したように天台座主・公什の身分剝奪と所領の没収、事件に関わった張本人を三門跡によって逮捕せよという厳しいものであった。得宗家の財政を握り、幕府の軍事・警察権を職掌する長崎一族は、寄合衆を主導した。その長崎円喜の館も類焼したが、これを機として西国の動揺を誘発させてはならなかった。

三月二十一日、西園寺公衡は、執権・熙時と長崎円喜宛に、「必要とあらば、鎌倉に下向する」旨の書面をしたためて安達惟景《これかげ》（師景《もろかげ》舎弟）を関東に向かわせた。熙時の消息がまだ伏せられていたころのことである。

ここに登場する惟景と師景の兄弟は、霜月騒動で討たれた安達泰盛の父・義景の流れである。安達師景は、鎌倉にあって罹災し、その弟が公衡の命をうけて下向したのである。

安達泰盛の直系は、泰盛の弟・顕盛《あきもり》の代に復活し、その孫・時顕《ときあき》が第九代執権貞時亡きあと得宗家の嫡子・高時の後見役を託され、長崎円喜とともに幕政に参与していた。しかも時顕は、金沢貞顕の叔父・金沢政顕の娘を娶り、その嫡子・高景は、長崎円喜の娘を妻に迎えるという閨閥でがんじがらめにむすばれていた。これが内管領・長崎円喜の独裁を許し、反対すれば弾圧という恐怖政治を生みだしていたのである。

この鎌倉の大火について、京都では前年の裁定に比叡山と新日吉社の神仏が祟ったと噂された。いうなれば、長崎円喜体制への怨嗟《えんさ》の声である。

こうした鎌倉の混乱に乗じて賑々しく登場したのが、歌人・京極為兼である。

権勢を誇示する為兼

正和四年（一三一五年）四月、宮廷歌壇に君臨した為兼は、一族を従えて大和国春日社にくりだした。鎌倉大火のあとの不可思議な行動である。

随従したのは、冷泉為相をはじめ京極派および一部二条派の歌人、それに公卿ら『玉葉和歌集』に採用された廷臣たちであった。たとえ上皇から宮廷一の歌人と讃えられた為兼であっても、牛車をつらね、廷臣を従えての行動は衆目を集めた。

〈特に二十四日青南院における延年《えんねん》の興《きよう》（大法会後に僧侶や稚児が行う芸能）には、中心の座は為兼一人が占め、列座の廷臣の進退は主従の礼の如くであり、観儀の厳重なる事は臨幸の儀に似、礼は摂関を超えるものがあった〉（『中世歌壇史の研究』）

首座にある為兼は、摂政・関白を凌ぐというから偉ぶり方もケタ違いだった。さらに四月二十八日の春日社神前の和歌披露には、前の関白・近衛家平や左大臣・二条（摂関家）道平、九条師教《もろのり》、鷹司冬平、日野俊光・資朝《すけとも》父子ら宮廷顕官の歌が詠み上げられた。つまり近衛前関白たちは、為兼の大和下向に賛同して歌を寄せていたのである。

「これはいったい、何事ぞ」

幕府にあてつける為兼の行動に、関東申次の西園寺公衡が驚くのもむりなかった。

為兼は、幼いころ西園寺公衡の父・実兼に出仕し、実兼の「兼」の字をもらっている。その実兼の嫡子が公衡である。佐渡の配流から京都に帰れたのも、幕府に宥免《ゆうめん》を働きかけた実兼・公衡父子のおかげである。それを為兼は、意に介さなかった。伏見院と後伏見院、花園帝三代の威光を背負った彼に、畏れるものはなかったのである。

その年七月十二日、幕府は、陣容を新たにし、将軍・守邦親王をかくまった北条基時が第十三代執権に選ばれ、連署に金沢貞顕が昇進した。倉栖兼雄も、その祐筆として鎌倉復興に奮闘していたであろうが、同月十八日、前執権・熙時が歿した。

そして京都では、九月二十五日、西園寺公衡が卒去。五十二歳だった。関東申次には、父・実兼が復任し、六波羅と協議しながら持明院統と大覚寺統の調整をはかる。

両統の迭立《てつりつ》は、関東申次最大の課題であった。生没年・在位を列記してみる。

後宇多帝　一二六七〜一三二四年。在位　一二七四〜八七年（十三年間。大覚寺統）
伏見帝　一二六五〜一三一七年。在位　一二八七〜九八年（十一年間。持明院統）
後伏見帝　一二八八〜一三三六年。在位　一二九八〜一三〇一年（三年間。持明院統）
後二条帝　一二八五〜一三〇八年。在位　一三〇一〜〇八年（七年間。大覚寺統）
花園帝　一二九七〜一三四八年。在位　一三〇八〜一八年（十年間。持明院統）

花園天皇は、正和四年（一三一五年）の段階では在位中。正しくは在位七年である。

後宇多帝から後二条帝まで四代の平均在位は、八・五年であった。また大覚寺統の治世は、二十年であり、持明院統がすでに二十一年になる。

そろそろ大覚寺統の天皇を、といった花園帝譲位の空気が幕府内にあった。それを敏感に嗅ぎ取った持明院統の後伏見上皇は、花園帝の延命をはかるために京極為兼をつかい、宮廷の顕官および大和国の社寺を味方につけようとしたのであろう。その最たる示威行動が春日社における為兼の大歌会であった。

京極為兼には、伏見帝に代わって反幕運動を起こして佐渡に流された前科があった。二条為世と京極為兼が勅撰集『玉葉和歌集』の撰者をめぐって係争したとき、為世が強く指摘したのは、その前科であった。しかしそれは、伏見と後伏見の両院によって不問に付され、為兼が一人だけ撰者に指名された経緯がある。

そうした過去があるだけに、関東申次に復帰した西園寺実兼は、後伏見院を巻き込んで倒幕運動の画策ではないか、と為兼に疑いの目を向けたのである。世間では、恩を仇で返した為兼への報復と噂したが、実兼は深刻に受け止め、謀反のにおいを嗅ぎ取っていた。

同年十二月二十八日、京極為兼は、六波羅に逮捕された。後伏見院にも嫌疑がかけられたが、伏見院が幕府に弁解して後伏見の罪は問われなかった。

さきに紹介した徒然草百五十三段の、為兼が六波羅探題に逮捕・拘引されるのを、日野資朝が「あれ、羨まし」と嘆声をあげたのがこのときの光景である。やがて資朝自身が倒幕運動に荷担して流刑・斬首されるのである。

六波羅探題北方は、南方から移った政村流の北条時敦《ときあつ》である。京極為兼を土佐に配流して一件を収め、再び宮廷に戻る機会を与えなかった。

そのころ、二条派の総帥・二条為世は、宮廷から武士、神主、僧侶といった地下《じげ》の歌人をも育成し、浄弁、頓阿、浄弁の子・慶運の三人を輩出していた。為兼が権勢を揮っているあいだも、休むことなく歌道に励んでいたわけだが、兼好だけが出遅れていた。これら四人が「和歌四天王」と呼ばれるにはさらに時間がかかるのだが、正和四年の当時、二条為世は六十六歳である。後継者の嫡子・二条為藤《ためふじ》は、四十一歳であった。

第十章　ロビイスト兼好

具守の死

ロビイストとは、ある人物または組織のために、みずからの人脈を駆使して有利にコトをはこぶひとをいう。兼好にとっては、堀川家の安泰を願うものであった。

正和五年（一三一六年）一月十九日、病床にあった堀川具守が薨去した。死から三十五日後に読まれた「為堀川前内府表白文《さきのないふひょうはくぶん》」なる古文書が、金沢文庫にある。

前に述べた「諷誦文《ふじゅもん》」は、僧侶が仏事の霊前で読みあげる。ところが表白文は、遺族の代表である施主が捧げる聖霊への讃辞であり、本来、寺に納めて他所に持ちだされる性格のものではない。だれが読んだかは不明だが、書いたのは兼好であった。文章といい見識といい、最高級の名文である。それが金沢文庫、すなわち称名寺に残っていたのである。

全文漢字。林瑞栄の解読文を読んでみる。なお、平仮名の訳文とルビはわたし、カタカナ書きは林瑞栄の解読文とルビである。冒頭の九行は、表白文の書式通りとした。

夫《それ》　（それ）
忉利天上之《とうりてんじょうノ》億千歳久《おくせんざいひさ》シカラ不《ざ》ルニハ非《あらず》　（仏の天上界の億千年は、久しくないわけではない）
遂ニ五衰退没之《ごすいたいぼつノ》悲シミニ逢ヘリ　（遂に欲界の天人が命脈つき地に隠れる悲しみに逢う）

娑婆《しゃば》人間之一百年《じんかんノいちひゃくねん》長カラ不《ざ》ルニハ非《あらず》　（この世の人間の百年は、長くないことはない）
必《かならず》四相旋流《しそうせんる》之《ノ》道《みち》ニ帰《き》ス、不可《べからず》　（必ず、生老病死の四相を巡り流れる道に帰るな、）
天上之《ノ》果《か》報《ほう》ヲモ願《ねが》フ、不可《べからず》　（天上界の幸運を願うべからず）
人間之《の》快楽《かいらく》ニモ着《チヤクス》、只俗塵之《ただぞくじんノ》　（人間界の快楽に執着するべからず。ただ世間の塵の）
妄縁《もうねん》ヲ抛《ナケウ》テ仏界之《ぶっかいノ》依《い》正《せい》ヲ求《もと》ム須《すべから》ク　（迷妄を抛《なげう》って仏界の正道《しょうどう》を求めるべし）
大施《だいせ》主匠作殿下《しゅしょうさくでんか》　（大施主匠作殿下の）
爰過去《ここにかこ》聖霊者《せいれいは》　（ここに過去世における聖霊は……）

つぎに故人・堀川具守の偉業に入る。平文にしてみる。

生まれながら仁に篤く、才知はひとより優れておられた。三代家に絶えた跡を、羽林家《うりんけ》の栄をうけて花開き、ときに鑑《かがみ》となるひとの時に逢って朝廷の、誉れを優れた才能によって館の月に輝かしておられた。ゆえに五百年の運を顕《あらわ》して十八公のひとりとしてその名声を得られ、天皇の外戚として労功を積み、官途の頂点を極められた。まことにこれ、朝廷の元老であり、名賢であられます。（中略）

羽林家とは、摂家、清華《せいが》家、大臣家につぐ公家の家格をいう。堀川家は、村上源氏の末裔として代々武官の公家であり、近衛の中将、大納言に昇進できる。しかし具守は、後二条帝の外戚として近衛大将・内大臣にまで登り詰めた。「五百年の運」というのは、始祖から数えた年数かどうかよくわからないが、朝廷でも、十八人のひとりに指折りされた。

表白文はさらにつづき、大臣を辞したあと鬼籍に入り、生涯、学問に熱心であった書斎の窓には漢籍が山となり、美しい閨《ねや》には衣冠が虚しく残るさまを描く。そして今、〈黄門殿下《こうもんでんか》（具親）は、直系の孫として、このご追孝《ついこう》を営んでおられます〉と。

本日は、聖霊三十五日の御忌《おんき》であり、地蔵二十四日の縁日にあたる。その信心が神仏に通じる道にあり、まして仏果を得られる縁がある。地蔵菩薩は、仏なき世界の導師である。八大地獄の救済者たる仏である。だれがこの救いを得られないはずがあろうか。思うに一日称揚《しょうよう》の功徳は、なお無量永遠の供養に勝るものである。哀しいかな、正和五年の春は、これ現世を去る年であった。かつ二月の日は、他界を訪ねられた月である、と。

〈恩愛の御志《おんこころざし》を忘れず、年々歳々を経るといえどもご追善のご供養を怠りなく、かの徳音《とくいん》を定めて御耳の底に留まることでありましょう〉

そしてつぎに法要の場所が書かれる。

そもそも此処は、岩蔵（岩倉）の別業にて、しかもそれぞれが隠遁した奥深い別荘であり、かさねて代々の墳墓のある地であります。だからして、苔の色さえもが露に泣いております。だれを偲ぶ涙でございましょうや。松の音は、嵐にむせぶ。だれを恋慕う悲しみでございましょうや。いま聖霊のご墳墓がまたも数を増す。新しい墳土に流した涙は、いまだに乾かず、山中の花も漸く開く。花はものを言わねど、追慕の色を見せる。深い谷底では鳥がさえずる。鳥も知らねど、没後の悲しみを帯びて聞こえる。（以下略）

表白文は、はやく聖霊に引導をわたし、菩提の仏果《ぶつか》を得られんことを請《こ》い願う、と敬白・日付して、〈本云《ほんにいう》 堀川前内府卌五日御仏事也〉と記して終わるのである。

こうして兼好は、享年六十八の堀川具守を岩倉の墓所に見送った。そして具親は、喪に服して左衛門督を辞するのである。

さて、兼好の具守への惜別のおもいを徒然草に探してみる。時期は特定できないが、いかの段にそれらしい趣がある。

［第二十六段］ **風も吹きあへず**

風もないのに散る、ひとの心の花に、馴れ親しんだ人情の年月をおもうと、感慨深く聞いた言葉を忘れられないというのに、わが運命とかけ離れた遠い存在になっていく無常の定めこそ、その方との別離よりもまして哀しいものである。

だから、白い糸が別の色に染まることを悲しみ、道が途中でわかれて行くのを歎いたひともいたのだろう。堀川院の百首の歌の中に、

〈昔見し妹《いも》が墻根《かきね》は荒れにけりつばなまじりの菫《すみれ》のみして〉

（むかし会った愛人宅の垣根は荒れてしまった。茅《ちがや》の草に混じってスミレだけが咲いて——拙訳）

この寂しげな景色は、そのような事実がございましたのでしょう。

この段に書かれた主人公は、兼好の秘められた恋人と比定《ひてい》する学者が多い。五位の蔵人に取り立てられた兼好が、恋に破れて出家するという六百数十年来の説を踏襲しているからだろうが、具親が読み手と考えれば、具守とするのが適当ではないか。

もうひとつ、なんともやりきれない葬儀のあとの情景は。

［第三十段］ 人の亡き跡

ひとが亡くなったあとほど、悲しいものはない。

中陰《ちゅういん》（四十九日）のあいだ、山里などに移って、便のわるい、狭いところに大勢が集ま

り、供養など営み合うのは、気ぜわしいものである。日々の過ぎゆくのは類を見ないほど速いものである。最終日には至極あっさりとして、互いに言葉もなく、それぞれ手際よく荷物をとりまとめ、三々五々に帰ってゆく。自宅に戻った遺族は、さらなる悲しみがどっと押し寄せるだろうに。「これこれのことは、大変に畏《おそ》れ多い、残された者のためにも避けておくそうですよ」などと言うのは、この悲しみの最中にどうしてこんなに冷静でいられるものかと、人の心は、やはり情けなく感じられる。

年月が経っても、いささかも忘れるわけではないが、「去るものは日々に疎《うと》し」と言うぐらいだから、そうは言っても、直後ほどには感じないのか、故人のつまらぬことを言っては、笑う。亡骸《なきがら》は人気《ひとけ》のない山のなかに埋葬し、法要の日だけはお参りして見ると、まもなく、卒塔婆《そとうば》にも苔が生え、木の葉に埋もれて、夕方の嵐や、夜の月だけが、語りかける縁者になってしまう。

思いだし、偲んでくれるひとがあるうちは良いが、そのひともまたほどなく死んで、聞き伝えて知るばかりの子孫は、哀れとか思うだろうか。しかも、法要も絶えてしまえば、どこのだれとも名前さえ知らず、毎年の春の草だけとなる、心あるひとは、しみじみと眺めるだろうが、おしまいには、嵐に枝を鳴らしていた松も、千年も待たずに薪に割られ、古いお墓は耕されて田になってしまう。その形さえなくなるのは、なんと悲しいことか。

愛別離苦の哀しみよりも、時を経るうちに忘れられ、埋葬した形跡さえも喪われる無常観が漂っている。ひとの死は、こんなものだと具親に諭したのであろう。

ここに具親を守り育てるロビイスト兼好が誕生するのである。

力を誇示する新内裏

堀川具親は、正和五年十月十九日を喪明けとした。通常一年間とされたが、理由をもうけて短縮することができた。有職故実にくわしい兼好がさっそく朝廷に働きかけたのであろう。十ヶ月で切りあげた具親は、左衛門督に復任、そして十一月には正二位に昇叙である。

具親が服喪中の六月から七月にかけて、京都は大小の地震に見舞われていた。金沢貞顕が六波羅在任中に着工した花園帝の内裏《だいり》再建の現場も被害をうけ、工期が遅延する羽目に陥った。当時の内裏は、現在の京都御所より南へ数百メートル、富小路殿《とみのこうじどの》公園の東側のあたりにあり、冷泉富小路殿とよんだ。

明けて正和六年（一三一七年）正月から、またも京都は連日地震に見舞われ、東寺の塔さえもが揺れ落ち、清水寺が炎上して坂上田村麻呂《さかのうえのたむらまろ》の将軍御影堂《みえいどう》も焼け崩れた。藤原道長が創建した豪壮な法成寺は、山門が焼け、本堂も倒壊した。

［第二十五段］飛鳥川の淵瀬

飛鳥川の淵や瀬が一定しないような世の中であってみれば、時代が移り、史実が廃れ去り、楽しみも悲しみも去来して、栄華をきわめた屋敷などもひと気のない野良となり、まだある屋敷は住人が入れ替わっている。庭の桃や梨の花はものを言わないから、さてだれと昔話を語り合ったら良いものやら。まして、知らない昔の貴人の屋敷であったであろう跡だけが、ことさらにひとの世の儚《はかな》さを偲《しの》ばせる。

京極殿《きょうごくどの》（藤原道長の邸宅）・法成寺《ほうじょうじ》（道長が鴨川近くに建てた大寺）などを見るにつけ、建立した願文だけが書きとめられ、遺業の変遷したさまは、しみじみと悲哀を痛感しないではいられない。法成寺を御堂殿《みどうどの》（道長）が立派に造営なされ、寺領として庄園《しょうえん》を多くご寄進になり、わが藤原一門だけが天皇の後見役となり、天下を治めて永久に続けと願ったとき、いかなる世の変化が訪れようとも、まさかこのように荒廃しようと想像されたであろうか。大門（山門）と金堂（本堂）などは最近まであったが、正和《しょうわ》のころ、南門は焼けた。金堂は、その後、倒れたまま片づけるひともいない。無量寿院《むりょうじゆいん》だけが、形見として残っている。丈六《じょうろく》（約四・八メートル）の仏像が九体、とても尊いお姿で並んでおられる。行成大納言《こうぜいのだいなごん》（藤原行成《ふじわらのゆきなり》。三蹟）の額、兼行《かねゆき》（源兼行）が書いた扉が、いまなお鮮やかに見えるのが感無量である。法華堂なども未だに残っている。これもまた、いつまで残っていることやら。このような名残《なごり》すらない寺には、たまに礎石だけ残っていたりするが、定かに来歴を知るひともいないありさまである。

だから万事において、己の死後まで備え置くことは、実にあてにならないものである。

地震は、さらに五月まで断続するが、そんな年明けの月半ばに、具守の一周忌が営まれた。一族は、うちそろって岩倉の墓所に集まった。『兼好法師歌集』に、延政門院《えんせいもんいん》（後嵯峨天皇の皇女・悦子）に仕える女房・一条との贈答歌がみられる。まず詞書を平文にしてみる。

《堀川の大臣を岩倉の山荘にお納めした翌春、そのあたりの蕨《わらび》を採って、雨降る日に詠んだうた》

〈さわらび《早蕨》のもゆ《萌》る山辺をきて見ればきえしけぶりの跡ぞかなしき［六五］（早蕨が萌える山辺に来てみれば、逝かれて消えた煙の跡に心も痛みます――拙訳）〉

《返し。雨降る日、延政門院の女房一条》［詞書］

〈見るまゝになみだのあめぞふりまさるきえしけぶりのあとのさわらび［六六］（眺めておりますと涙の雨が一層つよくなります、墓所に萌えたつ早蕨に――同）〉

一条なる女房がいったい兼好とどのような関係かは不明だが、延政門院といえば後嵯峨天皇の第二皇女で、この年五十九歳。仕える一条も、相応の年齢だったはずである。

兼好は、堀川家の人脈から、皇室とゆかりのある人物と、こうした贈答歌を交歓できる貴族社会の一員に加えられていたわけである。

文保元年（一三一七年）三月、遅れにおくれた冷泉富小路の内裏がついに完成した。

いよいよ四月十九日に花園帝の遷幸《せんこう》と決まった。

平安いらい内裏は、消失する度に規模が縮小された。幕府の威信をかけた二代執権・北条義時（得宗家の始祖）は、平安のむかしの内裏を完成させた。それさえもが焼け落ち、ときには公家の邸宅を内裏にしてきた。

今回の内裏は、十二代執権から十三代、十四代高時へと受け継がれ、幕府の力を見せつける豪華な装を再現したのであった。前関白・二条資藤《すけとう》が殿上人数名をひきつれて巡覧したところ、中国の夏《か》から唐にいたる賢人・聖人などを描いた大襖、絹障子、宴席にまで、百年まえの姿をすっかり甦らせていたのである。

そして予定された四月十九日、花園帝は、晴れて新内裏の主になった。

新院寂しく花は散る

その年の九月、持明院統の伏見院が崩御。またも大覚寺統との皇統争いである。

持明院統の花園帝が大覚寺統の後二条帝の崩御によって即位したとき、後二条の皇子・邦良親王が立太子されるはずだった。ところが邦良親王が幼く病弱だったところから、ワンポイント・リリーフとして後二条の弟・尊治親王が立坊。尊治親王の次に邦良親王が予定された。となれば、大覚寺統の天皇が連続する。持明院統としては、憤懣やるかたない情況にたちいたったわけである。

伏見院の崩御は、持明院統にとって痛恨事であった。宝算《ほうさん》の五十三は決して惜しい年齢ではないが、ふたつ年下の大覚寺統・後宇多院が健在であり、花園帝の兄・後伏見院が次期天皇を約束された尊治親王とおなじ三十歳であってみれば、もう少し頑張って生きていて欲しかったはずである。

激化する両統の争いに、六波羅の仲裁が入った。

1．花園帝は尊治皇太子に譲位すること。

2．今後、在位十年にして両統の迭立とすること。

3．次期皇太子は、邦良親王とし、その次を後伏見の皇子・量仁《かずひと》親王とすること。

これを「文保の和談」というが、実際には尊治皇太子の即位しか決まらなかったという。

そんな最中に、「花園帝のご譲位が進んでいるとか」と、またも囁かれる譲位である。そして六波羅の使者が関東へ下向し、噂が現実味を帯びてきた。

文保二年（一三一八年）二月八日、後伏見院は、量仁親王の登極《とうきょく》を春日社に祈願した。量仁親王は、五歳になる。母が関東申次の西園寺公衡《きんひら》の娘であり、花園帝の猶子である。外祖父の公衡は薨去したが、曽祖父の実兼が関東申次に返り咲いている。つまり大覚寺統の次期天皇・尊治親王のつぎを狙った持明院統は、うやむやになった量仁親王の存在を春日社祈願にかこつけてアピールしたのである。

二月二十一日、関東より帰った六波羅の使者が、西園寺実兼の北山第《てい》に入った。「関東よりの御教書、践祚と相なりました。御譲位の儀、さっそくお取り計らいを」と。

幕府は、ついに譲位に踏み切ったのだ。

譲位と践祚は、宮廷の仕事である。関東申次から武家伝奏につたえ、伝奏から太政大臣・三条実重へ、実重から関白・二条道平に取り次いですべての儀式が始まる。

大覚寺の院御所にいた後宇多院も、忙しくなった。後宇多院は、譲位後しばらくは亀山殿（現在の天龍寺の場所）にいたが、近ごろでは大覚寺に建立した御堂にたてこもり、密教の修法に励む日々だった。尊治皇太子が践祚となれば、治天の君となる。その後宇多院は、〈しぜん京にお出ましになることもなく、また参り通う人もまれなようで、神々しく物寂しい有様であったのを、うってかわって忙しい政務で、仏道修行も怠ることになって、わずらわしく思われる〉（井上宗雄全訳注『増鏡』「秋のみ山」の条）

といったようすであった。実際には贅沢三昧をしていたと噂されたが、ともかく――。

朝廷は、受禅《じゆぜん》（花園帝の退位と尊治親王の践祚）を二月二十六日に行い、即位式を三月二十九日とする。なお立坊（邦良親王の立太子）の儀は、三月九日と定《き》めた。

花園帝の退位まで、わずか一週間足らずという慌ただしさである。

十二歳で即位した花園帝は、治世の前半は父・伏見院を、後半は兄・後伏見院を治天の君に戴き、和歌を京極為兼に学び、幼いころよりひたすら日記（『花園院宸記』）を書きつづけた文人天皇だった。在位十年にいたっても、まだ二十二歳である。

しかし、尊治皇太子は、年長の三十歳。待ちに待った践祚であった。これにからんでくるのが、鎌倉の「都合」である。

執権は、二年前、弱冠十四歳の北条高時が就任した。前三代の執権、すなわち宗宣《むねのぶ》、熙時《ひろとき》、基時《もととき》は北条氏の傍流であり、久し振りに得宗家に戻った。さしずめ豪華な内裏の再建は、得宗家復権の前祝いのようであった。そして得宗家の権勢を朝廷に示す最初の仕事が、持明院統から大覚寺統への禅譲だったのである。

幕府の実権は、北条氏得宗家の内管領・長崎一族が牛耳った。

彼ら一族が開拓した事業は、全国の金融業者の保護・育成であった。武力にモノをいわせて借金の取り立てに協力し、その見返りに上納金をとる。ときには領地・荘園の没収にまで手を貸し、神社仏閣による強訴の多くは、この金貸しを保護する錬金システムにこそ原因があったのである。その内管領の座を父・長崎円喜から受け継いだ長崎高資《たかすけ》は、内外にその実力を見せつける必要があった。

この年、将軍・守邦親王は十七歳、執権・高時は十六歳の少年である。また執権に連署する金沢貞顕は、権勢欲に乏しく、かつその祐筆の倉栖兼雄にしても仁政を重んじるタイプであってみれば、幕府は内管領のおもうがままに采配できた。

その手始めが内裏の再建であり、そろそろ交替時期をむかえた皇統への介入であった。

文保二年二月二十四日、花園帝は、譲位に先だって新たに院御所となる土御門殿《つちみかどどの》に行幸した。そこは、現在の京都御所の一角にあり、後深草帝の准后《じゅんこう》・相子《そうし》の屋敷を、新院の御所に充てたのである。これが土御門東洞院《ひがしのとういん》内裏となり、やがて北朝と呼ばれる持明院統の歴代天皇が住み、徳川家康が整備して今日の京都御所になる。

二月二十六日、いよいよ花園帝から東宮・尊治親王への譲位となった。

その譲位の儀式について、兼好は徒然草に書いている。

［第二十七段］御国譲りの節会

ご譲位《じょうい》の節会《せちえ》が行われて、劔《けん》（草薙剣《くさなぎのつるぎ》）と璽《じ》（勾玉《まがたま》）と内侍所《ないしどころ》（にある八咫鏡《やたのかがみ》）の三種の神器《じんぎ》をお渡しになられる折は、まことにさびしいごようすであった。

新院《しんいん》（花園上皇《じょうこう》）が譲位なされた年の春にお詠みになられたそうだが。

〈殿守《とのもり》のとものみやつこよそにして掃《はら》はぬ庭に花ぞ散りしく〉

（主殿寮の役人がなおざりにして、掃除もしない庭に桜花が一面に散り敷いていた――拙訳）

当面した政務の忙しさにとり紛れて、上皇にはご機嫌伺いに行くひともないのは、さびしげである。こうしたときにこそ、ひとの本心が如実に顕れるものであろう。

その日は、太陽暦の四月九日であった。土御門殿の庭には、春爛漫の桜が咲き誇っていた。それが散ったけれども、何日も何日も掃除係が来ないと読める。

ところが、そうではないのだ。日野資朝の『資朝卿記』と、柳原紀光《もとみつ》の史書『続史愚抄』（江戸後期成立）を繙《ひもと》いてみると、ようすはさらに具体的である。どのような事実が窺い知れるのか。

前例なき雨中の渡御

その日の夕暮れ、衣冠束帯を身につけた日野資朝は、いかめしく護衛された花園帝の土御門の内裏に参上した。資朝は、京極為兼の逮捕を目撃したさい、「あれ、羨まし」といったあの人物である。あれから二年、このたびの節会では、これまで花園帝に供奉してきた資朝が院司《いんのつかさ》（新院事務方の責任者）に任ぜられていた。新院の身の回りをお世話する責任者である。ところが、院司の手足となって働く係がいない。

「まろを院司に据えながら、新院のお世話係を忘れるとはなにごとぞ」

と、資朝はカチンときた。新院に対する粗雑な扱いは、すでに始まっていた。

節会は、御所内庭に庭火《にわび》を焚き、内弁《ないべん》（内向きの諸事を司る官職）と、外弁《げべん》（外向きの諸事）が左右に居並ぶ列の先頭に立ち、うち揃ったところへ新院が御所に登場して譲位を宣する。その内弁は三条公茂《きんしげ》が務め、外弁は左近衛大将《さこんえたいしょう》・一条内経《うちつね》である。天皇の 詔《みことのり》 を代読する宣命使《せんみょうし》は、右衛門督《うえもんのかみ》・洞院公賢が任ぜられていた。

庭の篝《かがり》に火がともされ、いよいよ節会の段となった。幾重にもかさなった花びらが内庭に賑わいを見せる。そのとき雨が降りはじめた。儀式は、中断された。

「まあ、お食事でも召し上がりながら、止むのを待ちましょう」

と、進行係の蔵人・藤原成輔《なりすけ》がいう。院御所の宜陽殿《ぎようでん》には、食事が用意されていた。

「座っていられるか」と、怒る院司の資朝。

雨脚は、激しさを増すばかりである。

「剣璽《けんじ》の渡御《とぎょ》は、いかがいたしましょうや」と、儀式の続行がにわかに問題になった。

内大臣、左近衛大将らが寄り集まって会議となった。

「白河院の時代にも雨に見舞われましたが、さて剣璽の渡御は、どうなされたものやら」

「先例がないからといって、行わないわけには参りますまい」

有職故実を重んじる朝廷では、先例がなければ行えない。参集した公卿をおっぽりだして、空模様を睨みながらの長談義であった。

日野資朝は、「この間のこと、口を差し挟むこともできず、休憩所においてしばらく休息す」と、ふて腐れたように『資朝卿記』に書いている。

さていっぽうの尊治皇太子は、住んでいた万里《までの》小路《こうじ》殿《どの》を出て、目と鼻の先にある冷泉富小路《れいぜいとみのこうじ》殿に行啓《ぎょうけい》。目を瞠《みは》るばかりの豪華な禁裏を眺めながら三種の神器の到着に備える。

公卿・大炊御門《おおいみかど》大納言冬氏《ふゆうじ》いか十人、殿上人には左衛門中将・源国資《くにすけ》いか七人、そのほかには大夫《たいふ》、宮主《みやじ》などが供奉する。受禅奉行の宮主権大夫・万里《までの》小路《こうじ》藤房《ふじふさ》、仮御所奉行の藤原隆長などなど、大勢の殿上人がいまや遅しと待ち構える。

花園帝の新院に対して「本院」となった後伏見法皇は、牛車を冷泉万里小路に停めて見物している。そのうちに尊治皇太子の中宮・西園寺（藤原）禧子《きし》がやってきた。さらには公卿・西園寺実衡《さねひら》大納言（実兼の孫）いか五人の殿上人らがつき従って現れた。

ところがどうしたことか、いっこうに新院御所からの行列が到着しないのである。

深夜を過ぎ、午前四時ごろに地震があった。スワ大変と浮き足だったが、ひと揺れで終わった。それにしても渡御が遅い。やがて空も白々と明け始めた。

さてさて、土御門殿のほうの譲位の節会はというと。

徹夜の会議のすえ、やっと朝を迎えて雨中の渡御と定まった。

花園帝譲位の詔を洞院公賢が代読して、ようやく内弁と外弁に手渡された剣璽は、朝八時ごろに土御門殿をでた。道中、公卿が交代して剣璽に唐傘《からかさ》を差し掛け、富小路殿までのおよそ一キロをゆっくりと歩く。これが新しい宮廷の儀式に加えられた。そして新内裏における渡御の儀式は、午後二時に終了したのである。

剣璽を送りだした新院の宜陽殿では、またもひと悶着が起きていた。用意した宴会場に現れるものもなく、もちろん着座するものもいない。翌二十八日の宴会には、中納言・中院《なかのいん》通顕ら二人はきたが、院司の資朝は、着座もしなかった。

こうした状況下で、新院は、徒然草所収の歌を詠んだのである。

〈殿守のとものみやつこよそにして掃はぬ庭に花ぞ散りしく〉［徒然草第二十七段］

満開の花は、激しい雨に叩き落とされたのだ。そして新院のもとには後片づけの係も来ないという身の上になった。しかもこの歌は、花園院の歌集には載っていないという。

ということは、兼好は、その場にいた人物にこれを伝え聞いたのであろう。その人物こそ、宣命使を務めた洞院公賢ではなかったか。公賢はまた、兼好の弟・慈遍（兼清）の出世にも関わってくるのである。

第十一章

堀川具親の蟄居

倉栖兼雄の死

後醍醐帝の治天の君に引きだされた後宇多院は、新御所から三百メートルほど離れた常磐井殿に遷幸した。そして花園院は、現在の京都御所の北西にあった持明院殿（上京区安楽小路周辺）に移り住む。馬や車がひっきりなしに訪れる常磐井殿にひきかえ、新院の御所には閑古鳥が鳴くありさまであった。

文保二年（一三一八年）三月九日、後二条帝の第一皇子・邦良《くになが》親王が立坊。親王は、十八歳。堀川具親の叔母・基子《きし》の孫である。堀川家は、再び陽の当たるチャンスにめぐまれた。具親は、正二位・権中納言、左衛門督だったが、この春、春宮権大夫《とうぐうごんだいぶ》に任ぜられた。春宮大夫は、すでにこの一月から右衛門督《うえもんのかみ》を務める洞院公賢が兼務している。具親、二十四歳。公賢、二十七歳。ふたりは、幼いころからともに後伏見帝の侍従を務めるなど、気心知れた同族であり、兼好とも親しい間柄である。兼好、このとき四十歳である。

具親は、検非違使に護衛された牛車で、東宮御所・大炊御門《おおいのみかど》万里小路殿《までのこうじどの》に出仕する。なりは立派な公達である。四月には大嘗祭《だいじょうさい》（即位後初めて行う十一月の新嘗祭《にいなめさい》）の検校《けんぎょう》（総監）に補せられ、ますますの隆盛である。

東宮御所在勤は、皇太子の朝食後から昼ごろまで。公式の行事以外は閑《ひま》をもてあます職務である。兼好の日常も、具親に合わせて、ヒマ。

六波羅探題は、北方が政村流の北条時敦《ときあつ》、南方が金沢家と親しい大仏《おさらぎ》流の北条惟貞《これさだ》である。そして金沢貞顕が北方在任のころ南方だった時敦は、倉栖兼雄とも昵懇の仲であった。堀川家を守る兼好にとっては、まことに好都合であった。

ところが同年五月の半ば、随了尼は、兼雄の死を知らされた。おそらく、鎌倉と京都をむすぶ六波羅の定期便に、平家出身の兼雄の妻が手紙を託したものと考えられる。

そして「さる五月の三日にご逝去なされ、殿さまいかご家中のみなさまと、息子四郎ともども釵阿長老のご導師にて、称名寺にて弔い奉り候」とでもしたためてあったのであろう。妻は、諸事万端をつつがなくすませていたのである。

「ええっ、兼雄どのが!?」

随了尼の驚きは、並大抵ではなかった。再び「尼随了諷誦文《ふじゆもん》」を見てみる。

〈あまつさえ、又ときに、村落に居して、その死さえ知ることなく、空しく葬儀の後に、ただ冷たくなった遺骨を手におさめる〉

母は「村落に居して」というから、やはり双ヶ岡だったのだ。そこで安穏な暮らしをむさぼり、息子の死さえも知らずにいたとは、なんという皮肉な巡り合わせか。

「かねよしどの、せめて亡骸《なきがら》の一片なりとも持ち帰り、こちらでもご法要を……」

と、随了尼は、兼好におもいを託して下向させるのである。

林瑞栄は、『兼好発掘』の年表に、〈このため兼好一時下向か〉と書く。金沢へ下向した兼好は、兼雄の遺留品を整理したのであろう。

[第二十九段] 静かに思へば

静かに思えば、何かにつけて過ぎた昔が恋しくつのるのは、どうしようもない。

ひとが寝静まったあと、長い夜の慰みに、なんとなく道具類を取り片づけ、残さないと決めた反古などを破り捨てるうちに、亡くなったひとが書いた手習いや、絵を描き慰めたものを見つけたとき、もうすでに、そのころの気持ちになる。いま存命中のひとからきた手紙でさえ、長い月日が経ち、どんなおりに、いつの年だったかと思いかえしてみると、しんみりとする。使い慣れた道具なども、心を持たない物だけど、いまも変わらず、永遠の別れが、ほんとうに悲しい。

(注＝『徒然草全注釈』の著者・安良岡康作博士は、兼好が情交した女性の持ち物と解釈)

恋しさがつのるのは、必ずしも相手が女性に限ったことではない。とりわけ早くに父を亡くした兄弟であれば、幼いころの手習いや、いたずらに描いた絵の反古を破り捨てようとしても、それぞれに思い出がいっぱいつまっていただろう。また道具ひとつを手にしても、遠い過去が甦ってもくる。「尼随了諷誦文」の扶《たす》けを借りるならば、

〈詩と酒を嗜《たしな》んで白楽天《はくらくてん》（酒を好んだ唐の詩人）の生き方を慕い、書画ともに能くして蘇東坡《そとうば》先生（書画に優れた宋の詩人）の芸をことのほか愛する。浮き世の塵に纏《まと》わり付かれても、志は早くに束縛を脱す〉

といった兼雄の脱俗した姿の片鱗が、幼時の遺品にさえ偲ばれる。この諷誦文が兼好の手によって書かれたとなれば、兼雄の書画への造詣にこそ注意を払うものだ。そして、

〈齢《よわい》わずかに不惑《ふわく》（四十歳）を過ぎて、一大事が瞬く間に生じる〉

と、突然死を窺わせる。兼雄は、不惑を過ぎた四十二歳。酒の呑みすぎであろうか、それとも激務に耐えられなかったのか、と兼好はおもいを巡らすのである。

昔を思う気持がひしひしと迫ってきたに違いない。長年、父親代わりをつとめてくれた兼雄との「永久の別れ」だからこそ、悲しさがひときわ烈しく衝き上げてくる。

堀川具親の失態

兄の遺骨を抱いて兼好が帰洛するのは、七月の初旬ではなかったか。道中、おもうこと多き旅路であったに違いない。そして随了尼は、

〈ああ、若きは先立ち、老人はおくれる。天の神が最も不公平な相違《あいたが》いを謀《はか》られ、盛んなるが去り、衰えたるが留まる。悲しい愛別がひとの定めとは、なんと空しいことか〉

と、遺骨を手におさめて慟哭《どうこく》するのである。

兼好が留守のあいだに、夢想だにしなかった椿事《ちんじ》が兆《きざ》していた。

天皇には、万里小路《までのこうじ》大納言入道師重《もろしげ》（北畠とも申す）といった人の娘で、大納言の典侍《すけ》といって、たいへん寵愛を受けている人があったのを、堀川の春宮権大夫具親卿が、たいそう内々に見そめられたのか、その女性が宮中から消え失せてしまったというので、探し求められた。二、三日はわからなかったが、まもなく具親の仕業ということが現れたので、天皇は意外なことで気にくわないとお思いになる。（井上宗雄全訳注『増鏡』）

いよいよ本稿の冒頭に紹介した、堀川具親の恋愛事件である。

万里小路の師重とは、堀川家と同族の北畠師重のことである。後宇多院が遊義門院の死を悼《いた》んで出家したさい、ともに出家して入道となった。そして大納言の身分は、宮廷におけるトップ十人のひとりであり、近侍する後宇多院が治天の君である。その娘が宮廷で後醍醐帝の寵愛をうけていた。親王を産みなせば、皇子の外戚になる。また他の娘が邦良親王の女房に入るという師重は、いまを時めく人物だったのである。

あろうことか具親は、その娘の典侍と懇《ねんご》ろに逢瀬《おうせ》を重ねていた。

コトが発覚したのは、文保二年（一三一八年）七月末ごろであろう。

典侍は、宮中に起居している。外泊は、特別な理由がなければ許されない。それが大納言の典侍は、宮中から消えてしまった。そのうちに具親の仕業と知れたのである。

さあ、たいへん。


この大納言の典侍は尊貴な身分ではないが、御寵愛の厚い時なので、厳しく具親をお咎《とが》めになって、ほんとうに（光源氏のように）須磨の浦へも流したいとまで思われたが、さすがにそれまでは出来なくて、官職をみな解いて、厳しく処罰されたので、具親は謹慎して（洛外の）岩倉の山荘に閉じこもっていた。（同）

「よりによって、どうしてこんな分別のないことを」

と、嘆き呆れる兼好の姿がおもい浮かぶようだが、八月八日、具親は解官の身となった。その理由が『公卿補任』には、「依女《おんなのことによるなり》 事也」とある。家系に汚点を残したのである。

堀川具親と関係した大納言の典侍の顚末を、『増鏡』はこう書いている。

〈後には、公泰《きんやす》の大納言がまだ若くいらっしゃったころ、天皇の御意志でお許しになったので、たがいに愛しあっていっしょに（夫婦として）住まれているうちに、その公泰のもとでなくなったのであった〉（同「秋のみ山」の条）

公泰は、洞院公賢の弟である。この年、十四歳の青年。のちに大納言の典侍と愛しあい、天皇の許可をえて夫婦になった。典侍は、その公泰のもとで亡くなったという。兄の突然死による落胆愁傷の時期にあった兼好は、幾たびか窮地を救ってくれた前主・具守への報恩と、家司としての責任感に駆られて現主具親を守ろうとする。だが、勉強嫌いの具親をどうすればいいのか。兼好は、ここでひと工夫するのである。

〈「つれづれなるまゝにひぐらし硯に向」うとは、兼好の記しつけた文句であるが、この文句の表現するものこそ岩倉逼塞中の具親の日常であり、それを守る家司兼好の日々を伝えるものではなかろうか〉（林瑞栄著『兼好発掘』）

山荘に籠もれば、日がな一日ぶらぶらしているのはつらい。この無為の時間を、具親の不興を慰めながら教導しておきたいというのが、林瑞栄の徒然草「文保二年八月」起稿説の根拠である。ロビイストがスーパー家庭教師に変身したのである。

つれづれなる蟄居

具親の蟄居にともない、春宮権大夫には、参議・右近衛《うこんえ》中将・六条有忠が兼務した。兼好に山科の田地を売ってくれた、あの同族の公家である。

さてさて、若者の恋愛はけっこうだが、気をつけるべきは女の誘惑である。こんな内容を書いた徒然草は、具親にあつらえた教科書であった。

林瑞栄の師・岡崎義恵のように、「あれが文学だろうか」などと疑ってかかる読み手がいても構わない。もともと兼好は、文学性とか王朝文学とかのまねごとをめざしていたのではない。だから体裁などはどうでも良く、ひとから貰った手紙の裏に書き、あとは壁紙にしても惜しくなかったのである。いや、だからこそ壁や襖に貼って日夜眺めていたのではなかったか。ものは、考えようである。例えば、第十五段では。

［第十五段］　いづくにもあれ

どこであれ、しばらく旅にでることは、目の覚める気持になるものである。

あちこちを見て歩き、田舎のひなびたところや、山里などには、大変にめずらしいことが多くある。旅先から都へ便を求めて手紙をだし、「そのこととあのことは、都合の良いときにやっておけ」などと書き送るのは、まことにおかしなものである。

こうした場所だからこそ、かえっていろんなことに気配りするものとみえる。他人の持つ調度までが、良いものは、より良く見え、芸達者なひとも、いつもより素晴らしく見えるものだ。

お寺や神社に密かにおこもりしたりするのもおもしろい。

旅をすれば、いままで気づかなかったものが見えてくる。家を心配していては気分転換にもならないとおもうだろうが、これも旅の効用である。ふだんやり慣れないおこもりなども、旅と同様に効果があるかもしれない。蟄居なども、楽しむ方法がある。

また、第十九段「折節の移り変る」では、四季おりおりの楽しみ方と、宮廷の有職故実を分かりやすく書いているが、省略する。さらにと、つづく。

［第二十一段］万のことは

よろずのことは、月を眺めてこそ慰められるものだが、あるひとは、「月ほどおもしろいものはない」と言い、ほかのひとりは、「露のほうが一層興味深い」と、言い争ったことが特におもしろい。時機によって、なんであれ、しみじみとした共感が湧かないものがあろうか。

月と花はなおさらで、風だけは特に、ひとの心に興味を抱かせるものらしい。岩に砕けて清々しく流れる水のさまは、季節に関係なく、賞美される。「沅《げん》と湘《しょう》のふたつの川の水は、都を指して東方に流れ去ってゆく。望郷の念に駆られた悲しい自分のために、寸暇の休みもなく」という詩を見たのは、実に感慨深かった。嵆康《けいこう》（竹林の七賢のひとり）も、「山や沢に遊んで魚や鳥を眺めれば、心楽しいものだ」と言っている。人里離れて水と草の清らかなところを、散策することほど、心慰められることはない。

自然をどのように受け止め、楽しむことができるのか、中国の故事を引いて、岩倉の風情の良さを書く。この博識と兼好自身の感性は、モノトーンの日常に彩りを添えてくれ、平成の現代でも、心あるひとには味わい深いはずだ。

岩倉の冬は、ことのほか厳しい。まして蟄居の身にはこたえる。

そんなとき、つぎの段を読めば慰められようか。意味深長ではあるが——。

［第三十一段］雪のおもしろう降りたりし朝

雪が情趣ゆたかに降った朝、あるひとのもとへ言うべきことがあって、手紙をやろうとして、雪にはなにも触れなかったその返事に、「この雪をどうご覧になったか一筆もお書きにならないほどの、ひねくれ屋さんがおっしゃることを、どうしてわたくしが承知できましょうか。かえすがえすも口惜しいお心ですこと」と、言って寄越したのはおもしろかった。

いまは亡きひとだから、こんな些細なことも忘れられないものだ。

いまは亡き女性の思い出の記としているが、「手紙」にことよせた「別件」が含まれていると、わたしは睨んでいる。その「別件」とは、堀川具親の謹慎解除の嘆願である。それを読み解くキーワードは、この段が岩倉蟄居中に書かれたことである。

鎌倉につながるロビイスト兼好が、具親の謹慎に遊惰《ゆうだ》していたとは考えにくい。亡兄・兼雄の誼《よしみ》を通じて、具親の宥免《ゆうめん》を六波羅に働きかけないはずがないのだ。

まして今上天皇の勅勘《ちょっかん》をこうむった事件であれば、宥免を得る唯一の方法は、六波羅の仲介を措《お》いてほかにない。北方の北条時敦か、南方の北条惟貞かは特定できないが、兼好が手紙を書いた相手は、それができる鎌倉の人脈であったはずである。

つぎの段は、安良岡康作が第一部の最後とする段である。

［第三十二段］　**九月廿日の比**

九月二十日のころ、さるお方のお誘いをうけて、夜明けまで観月して歩いたことがございましたが、思いだされるところがおありになって、私に家のなかを窺わせてから、お入りになられた。荒れ果てた庭にいっぱい露がおりて、自然な香《こう》の匂いがほのかに漂って、ひそやかに囁く気配が、とても心静かな情趣がございました。

ちょうど良いころあいに出てこられましたが、なおも私は、この家のようすに優雅さを感じて、もの蔭からしばらくようすを窺っておりましたところ、妻戸《つまど》（庭に出入りする家の端にある両開きの戸）をもう少し押し開けて、月を眺めているようすでありました。すぐさまなかに入られたとしたら、まことに残念でしたでしょう。まさか、別れたあとまで見届けているものがいようとは、どうして知ることができましょう。こうした嗜《たしな》みは、ひたすら朝夕の心づかいによるものである。

その女性は、まもなく他界されたと聞いております。

この段の解説に安良岡は、

本段の「ある人」を、兼好周辺の人と考えると、この具親が最も可能性があるといえよう。（中略）しかし、ここの女性を「大納言典侍」と推測するのは、いたずらに歴史小説の材料を提供することになりそうであって、さし控えなくてはならないが、具親の情人の一人と想像することぐらいは許されるであろう。(『徒然草全注訳』)

と書いている。

大納言の典侍は、明らかに「情人のひとり」である。後醍醐天皇が寵愛した彼女だったがゆえに、具親は「解官」せられた。兼好は、この事件を本人に読ませるであろうか。あえて主人公を近辺に求めるとすれば、具親の祖父・具守か、早くに亡くなった父の具俊であろう。これらふたりの逸話であれば、具親も興味深く読めるはずである。また宥免の裏工作をはぐらかすには、適当な話題といった趣にもとれる。

つぎのふたつの段も、手紙に関連している。どこか吉報待ちの雰囲気さえ感じる。

[第三十五段] 手のわろき人

字の下手なひとが、遠慮なく手紙を書くのは、いいことです。見苦しいからといって他人に書かせるのは、いやみですから。

[第三十六段] 久しくおとづれぬ

「長らくご無沙汰していたころ、どれほど恨んでいるだろうかと、わが怠慢をつくづく反省して、言葉もない心地でいると、女のほうから、『仕丁《じちょう》（召使）はいますか。ひとり』などと言って寄越したのは、実に思いがけなく、うれしいものだ。こうした思いやりのある女は良いものだよ」と、あるひとが申されましたが、まさしくそうである。

このころ具親と兼好の会話が手紙に集中していたにちがいない。しかも兼好は、この手紙作戦を具親に隠そうとしているかに読めてくるのである。

文保三年（一三一九年）の春はまたたくまに来て、四月三日には、鎌倉在勤中の叔父・堀川基俊が急死した。四月二十八日には元応《げんおう》と改元され、あらたな気分で時代を迎える。宥免を願いでるにはチャンスであった。手紙のやりとりが頻繁になってきたのであろう。

「御坊は、繁く文をさし交わすではないか。たれか好《よ》きおなごでもいるのか」

と、具親が問えば、

「いえいえ、ごぶさたが続けば洛内のみなも心配いたしましょう。せめて挨拶なりともと思いたちましてな」と、兼好がとぼける。

宥免を願いでていると知れば、具親の謹慎の心が乱れる。この機会を奇貨として、ご主人さまには性根《しょうね》を入れかえてもらわねばならぬ。だが、長きにわたれば、具親の出世に妨げが生じる。口では静かに暮らせと諭してはいるが、堀川家の将来をおもえば、いつまでも弟君・基時どのに家督を任せておくわけにはいかないのである。

林瑞栄が第一部の最後とする第三十七段を見てみよう。

［第三十七段］朝夕、隔てなく

朝な夕なに、なんの隔てなく馴れ親しんでいるひと（女性）が、なにかの拍子に、気づかって、身だしなみを整えるようすが仄見えるのは、「いまさら、そんなことしなくても」などというひともいるが、きちんとした、教養豊かなひとだと感じる。

親しい付き合いもなかったひとが、うちとけて話してくれるのも、また、好感が持たれて、心惹《ひ》かれたりするものである。


日ごろの身だしなみや心がけに蘊蓄《うんちく》をかたむけた、変哲もない内容である。強いて理屈をつけるならば、大人の女の条件を示したとも考えられる。話はここで、尻切れトンボに終わっている。事態が急変したのだ。

元応元年（一三一九年）閏《うるう》七月の五日、宥免・還任の勅許がでた。

林は、第一部の擱筆をこの年の暮れとしたが、閏七月だとしてもおかしくはない。当初の目的からいえば、書く意味さえなくなってしまったのである。

「さあさあ御前、いよいよご帰還でございますよ。お急ぎ下されれ」

と、身仕度を調える兼好の姿が目に浮かぶようである。

さっそく牛車が用意され、手紙を運んでくれた手代やら、食事をつくる側用人などを引きつれていそいそと都大路をめざすのである。

第十二章

歌人兼好の登場

二条派の台頭

二条派の歌人は、京極為兼の失脚・遠流《おんる》と花園帝の引退によって勢力を挽回した。〈京極派が実際は一握りの同志的結合にすぎず、二条派こそが主流派で、歌壇に根を張っていたからだ、と思われる〉（井上宗雄著『中世歌壇史の研究　南北朝期』）

宮廷はいうにおよばず、地下《じげ》の祠官《しかん》、法体《ほったい》歌人、武士層といった洛中の歌壇は、ほとんどが二条派で占められていた。ところが、二条派の法体歌人四天王と呼ばれる浄弁、頓阿、慶運が世にでていながら、兼好だけが埋《うず》もれ、出遅れていた。

〈文保二年(一三一八年)正月の二条家会始にも三者(頓・浄・慶)は出席している。(中略)兼好だけがここには登場しないのである〉(同)

岩倉蟄居中では出席できるはずもないが、この年、二条為世は、治天の君である後宇多上皇より、『新後撰集』に続いて再度、勅撰和歌集の単独撰者に任命された。

これを光栄とした為世は、撰出に先立って二条派一門を引きつれて歌神とされる大坂の住吉神社、和歌山の玉津島神社を巡拝し、本願成就を祈願するのである。

こうして誕生するのが、『続千載和歌集《しょくせんざい》』（一三二〇年成立）だが、兼好の歌人としての活動は、どうもスッキリとした立場になかったようである。

そんな兼好にも、ついに光の当たるチャンスが巡ってきた。

『兼好発掘』の年表元応元年（一三一九年）年七月の項に、〈後宇多院よりの召歌を喜び道我と和歌贈答この頃か〉とある。岩倉蟄居がとけた直後の吉報である。嬉しくないはずがない。いや、天にも昇る気持だったに違いない。すぐさま道我に報告。

道我との和歌贈答を『兼好法師家集』に見てみる。まず、詞書《ことばがき》を平文にしてみよう。

《後宇多院から歌を召されて、奉呈する旨を道我僧正に申しあげた》

〈人しれずくち《朽》はてぬべきこと《言》の葉のあまつそらまで風にちるらむ　［一〇二］（人に知られないまま朽ち果てるはずの私の歌が、思いがけず天高く知れわたるのでしょうか―拙訳）〉

《返し　そう《僧》正》

〈ことはり《理》やあまつそらよりふく風ぞもり《森》のこ《木》のは《葉》をまづさそひける　［一〇三］（天空より吹く風は、自然の理としてまず森の木の葉をゆらすものですよ。そのように、あなたの歌もこれから世に知られるのです―拙訳）〉

自制の効いた、清々しい返しだ。道我は、十七年まえ、兼好が傷心の身で鎌倉に戻るときにたち寄った清閑寺の僧都のこと。いまでは僧正にまで昇ったが、喜びを分かち合える無二の二条派歌友であった。

これが『続千載和歌集』への招待だった。兼好は、森の群葉から一頭抜きんでたのである。このとき道我も入集したが、あえて触れなかったのか、贈答歌には気配さえ感じさせない。

兼好の初入集した記念すべき歌をみてみよう。

〈いかにしてなぐさむ物ぞよの《世》中をそむ《背》かですぐす《過》ひとにとは《問》ゞ《ば》や［五三］（どのように心を慰めているのか、世を捨てずに暮らす人に尋ねたいものです―拙訳）〉

この歌は、「修学院といふところにこもり侍りしころ」に詠んだ四首のうちの一首で、「兼好自撰家集」にも載せてある。この修学院入籠の時期が難問である。

『兼好法師家集』（岩波文庫）の校訂者・西尾実は、〈修学院　今、京都市左京区の一区域。比叡の西麓。東北は山を負ひ、西南は水を帯び、静閑の地〉と、欄外に注記している。現在の修学院離宮のあたりを指すのだろうが、では、いつの時代に籠もったものか。

そのまえに、もう一首、読んでおこう。入集歌ではないが、修学院時代の作である。

〈のがれてもしば《柴》のかりほ《仮庵》のかり《仮》の世にいまいくほど《幾程》かのどけかるべき［五〇］（遁れてきた草の仮庵の仮住まいなのに、いまどれほど心安らかでいられることか―拙訳）〉

これを横川入山のまえとすれば、七年ほどまえの歌になる。

そのころ兼好は、法輪寺（京都嵐山）や山寺（不明）にもこもっているから、『続千載和歌集』

に入集した歌は、三十四歳前後の作である。

つまり、横川入山まえの延慶四年（一三一一年）の東山在住のころには、兼好の名が二条為世の目にとまっていたとおもわれる。ちなみに二条派の中興の祖となる頓阿も、同時に初入集している。頓阿は、俗名を二階堂貞宗といい、代々鎌倉幕府の執事をつとめた家柄。比叡山や高野山にこもって出家し、和歌集成立の元応二年（一三二〇年）には三十一歳。兼好よりも十一歳若いが、為世から古今伝授された歌詠みである。歴代の歌人に伍して勅撰和歌集に採用されることの厳しさが窺われるが、その頓阿の歌もついでに紹介しておこう。

〈つもれただ入りにし山の峰の雪うきよにかへる道もなきまで（ひたすら積もれ、踏み入った山の峰の雪よ。娑婆に帰る道をふさぐほどまでに——拙訳）〉

仏門に帰依した頓阿は、不退転の覚悟を降りしきる雪に譬えたのである。

もうひとつ、わたしと縁の深い入集歌を特別に紹介しておきたい。

〈月影のいたらぬ里はなけれどもながむる人の心にぞすむ（月の光は届かぬ里がないように、仏さまもあまねく眺めるひとの清らかな心の中におられる——拙訳）〉

作者がだれか、もうお分かりだろう。浄土宗の開祖・法然《ほうねん》上人（一一三三〜一二一二年）の作である。わたしが在学した名古屋の東海中学・高校で六年間、いくどとなく歌った第二校歌である。『続千載和歌集』に入集していたとは、ついぞ知る機会を得なかった。

さて、歌人としての兼好は、『続千載和歌集』に採用されていよいよ本格化する。

この勅撰和歌集は、元応二年（一三二〇年）四月十九日に完成したが、花園院のもとにも回覧されたのは、同年八月になってからである。花園院は、つぎのように日記に書いている。

　四日、晴れ。今日無事に新勅撰が披露されたと聞く。但し、なお完了というわけではないらしく、しばらく伏せ置くと後伏見上皇が言う。去年、一巻を天皇にご覧にいれたが、今年の末には披露されるとのこと。前代未聞だが、どんな内容であろうか。

　十二日、晴れ。今日、衣笠御所へ後伏見上皇と同道したが、戻ってきたら西園寺実兼（関東申次）が今度の続千載集の一巻から六巻をまず届けにきて、これから次々に新しいものとお取り替えしましょう、などと言った。歌の形はなんともくだらない。もとより予想はしていたが、どんなものになるのやら、また厄介なことだ。（『花園院宸記』意訳）

と、花園院の気に入る歌風ではないらしかった。

かつて持明院統の御代には、京極為兼が撰した『玉葉和歌集』で二条派を冷遇したが、こんどは意趣返《いしゅがえ》しのように京極派の排斥が目についた。とりわけ配流中の京極為兼の歌は、無視といったありさま。ちなみに為兼の斬新な歌風を学んできた花園院は、定家の伝統を重んじる二条為世を快くおもっていなかった。だが為世は、高らかにこう歌っている。

〈今ぞ知る昔にかへるわが道のまことを神も守りけりとは（「今こそよくわかった。昔の（正しい）道にたちかえったわが和歌の道のまことを、（歌神である）玉津島の神様が守ってくださった、ということが」）〉（井上宗雄全訳注『増鏡』所収）

こうして兼好は、二条派の歌人として世に羽ばたいたのである。

後醍醐帝の治世

後醍醐帝は、尊治皇太子時代から叡明を謳われた。しかし、父・後宇多帝の次男であるがために、長男・後二条帝亡きあと、その長子・邦良親王が登極するまでの「一代の主」と決められた。これを支えたのが、御乳父《めのと》（保育係）をつとめた吉田定房だった。

皇太子時代の尊治親王は、勉強家であり、若い仲間を集めて読書会を開いた。憶えておられようか。皇太子が論語の「紫《むらさき》の朱奪《あけうば》ふことを悪《にく》む」と書いた巻を堀川具守に求めたことがあった。居合わせた兼好が巻九を具守に手渡すと、「やれうれし」と、届けた逸話がこの皇太子時代である。

実は、この論語の陽貨《ようか》篇にある内容が意味深長であった。

紫の朱を奪うを悪むのあと、「鄭声《ていせい》の雅楽を乱るを悪む。利口《りこう》の邦家を覆すを悪む」とつづ

く。これを通して意訳すれば、

〈色を混ぜて作った紫が純粋な朱の色を奪うのを憎む。鄭の時代に流行した華やかな音楽が、調和のとれた古典音楽を混乱させるのを憎む。小利口者が、国家を覆滅するのを憎む〉

となる。同じ陽貨篇に「巧言令色《こうげんれいしょく》、鮮《すく》なし仁《じん》」というのがある。言葉巧みな者は、真実味に欠ける。そのあとに「紫の朱奪ふ」がでてくるのである。

その意味するところは、「口先だけでは、朕の家臣にはなれないぞ。真剣に忠誠を誓え」と、釘を刺したもののようである。

さらに読書会は、宋学《そうがく》すなわち朱子学に及んだ。これも少々曲者《くせもの》だった。もちろん学門が悪いわけではない。しかし、その運用に、いささかの内意が含まれていた。のちに倒幕の思想教育に使われたからである。

人間というのは、本来は「善」である。心が静かな状態にあれば、正しい姿を保つが、少し動けば「情」になり、烈しく動けば「欲」になる。欲になったとき、「悪」になる。だから絶えず礼節を重んじるよう努めるのである。それだけではない。身分を自覚して主従の分を弁《わきま》えなければならない、と説くのだ。

江戸初期の朱子学者・林羅山《はやしらざん》は、「上下定分の理《じょうげていぶんのことわり》」に発展させ、士農工商の身分制度を徹底させた。武士は、主人に忠実であるのが分であり、農人は、農業に専念するのが天職である。

すなわち天皇は、天命であるがゆえに余人をもって勤まらない、とする王権神授説に帰納するのである。読書会の狙いは、この天命の部分である。

国が乱れるのは、鎌倉幕府が邪統だからだ。正統の天子が復辟《ふくへき》すれば治まる。

この読書会のなかに、具親が横恋慕した大納言の典侍の兄・北畠親房もいた。親房は、学識があり詩歌にもすぐれた才能を備えていた。やがて家の格式を重視した彼は、『神皇正統記《じんのうしょうとうき》』を著して後醍醐帝の正統性を説くイデオローグとなって南朝に殉じる。

登極して三年後、後醍醐帝は、ついに後宇多法皇の院政を停止して親政を施いた。慌てたのは、忠臣・吉田定房であった。彼は、幕府の了解を取りつけるために鎌倉へ赴いた。本来ならば関東申次の職分だが、西園寺実兼が病床にあり、孫の実衡には任務に堪えうる器量がなかったのであろうか。

ところが意外にも、幕府はこれを了承したのである。

後醍醐帝は、手始めに記録所を再興した。記録所とは、裁判所のことであり、天皇が幕府から裁判権を取り戻すことを意味する。武家に奪われた貴族や寺社の荘園は、天皇の裁定によって取り戻すことができるようになった。さらに綸旨《りんじ》を乱発して、気の向くままに独自の政治を推進するのであった。とりわけ立派な富小路内裏がありながら発した新御所造営の綸旨は、困窮した地方の守護らを苦しめ、計画半ばで頓挫する醜態を演じた。

後醍醐政権には、四十八歳になる吉田定房のほかに万里小路《までのこうじ》宣房《のぶふさ》がついていた。この年六十四歳。そして北畠親房、三十九歳。これら三人を「後の三房」と呼ぶことになるが、直情型の天皇の行動に戸惑いを覚えているようでもあった。

しかし、親政をはじめた後醍醐帝には、しばし絶頂の日々がつづく。

具親復任晴れの姿

春宮権大夫に復任した堀川具親は、正月恒例の「朝覲《ちょうきん》の行幸」、すなわち上皇や皇太后のもとに新年の挨拶に行幸する後醍醐帝に供奉するようになっていた。

元亨《げんこう》二年（一三二二年）正月三日の朝覲の行幸は、天皇親政になった最初の正月参賀であった。『増鏡』（「秋のみ山」の条）は、これをつぶさに描いている。

後宇多院が仙洞《せんとう》御所にした常磐井殿は、弟君・恒明《つねあきら》親王の御所だが、奥ゆかしいばかりの山水の庭園で知られていた。

その日は、池も築山もすっぽりと降りしきる雪に蔽われていた。

此の院は池山の木《こ》だち、もとよりよしあるに、時ならぬ花の木ずゑをさへつくりそへられたれば、春の盛りに変はらず咲きこぼれたるに、雪さへいみじく降りて残る常磐木《ときはぎ》もな

し。洲崎《すさき》に立てる鶴の気色も、千代をこめたる霞の洞《ほら》は、まことに仙の宮もかくやと見えたり。（井上宗雄全訳注『増鏡』原文）

そこかしこに造花を配し、池の水際《みぎわ》に立つ木の鶴の姿も千年の栄華を言祝《ことほ》ぐかのようなめでたいありさま。まことに仙人が住まう宮殿もさもあらんとおもわせる景色であった。

そこは内裏を護衛する陣内にあったので、大臣以下は歩いて天皇の御輿《みこし》について行くことになった。具親は、行列のなかほどにいた。うしろから数台の牛車をつらねて内裏の女房たちがついてくる。内裏には留守居番数名を残すだけという大行事。持明院統の花園と後伏見の両院は、量仁親王を伴ってひそかに牛車のなかから窺っていた。

正月三日。天気不定。終日雪降る。積雪一寸足らず。今日、常磐井殿にて行幸あらせらる。上皇、内々に御見物。朕《ちん》、御車にて参る。親王（量仁。のちの光厳天皇）もまた同乗す。殊に内々のことなれば、付き人も日野俊光（資朝の父）だけを召し連れ、新調した車に乗って左大臣邸の門前に立て、行幸の車が通るのを見物、云々。（『花園院宸記』要約）

京極通りの棟門《むねもん》のまえに到着すると、担ぎ手が御輿を停めた。

「上さま、お成りーっ」

院司が院御所にむかって声をはりあげると、笛や太鼓の乱声《らんじょう》（入御を報せる雅楽曲）が鳴りはじめた。パンパカパーンといった歓迎のファンファーレである。

御輿が中門《ちゅうもん》に寄せられた。

門の下を流れる遣水《やりみず》に渡された反《そ》り橋の左右に、両大将がひざまずいた。天皇が御輿より降りる。垂纓《すいえい》の冠《かんむり》に純白の御着衣は、正式な儀式用である。

さていっぽうの仙洞御所では、関白・一条内経《うちつね》が御簾《みす》をもちあげて後宇多院を母屋に導き入れる。やがて母屋の御簾がすべて挙がって、院が姿をあらわす。装束は、黄みを帯びた淡い紅色のお召し物に同色の袈裟をかけている。

天皇は、欄干《らんかん》のきわを通って静々と歩かれた。関白を従えて正面の柱のあいだを前に出、廂《ひさし》に設けた天皇の座へ進まれて院に拝礼する。

西と東の廊下に大勢の公卿が肩を重ねて見守るなか、天皇のお守り役の前大納言・吉田定房が目頭を熱くしている。天皇がまだ皇子だったころをおもいだして、うれし涙がこぼれるのであろうと、『増鏡』の筆者は感情をこめて書いている。

さしもの仙洞御所も超満員というありさまで、牛車に乗ったまま孫廂《まごひさし》の下に引き入れての参列となったお供の女房たちは、開け放たれた母屋の奥で粛々と行われる新年の儀式を遠くに眺める。

挨拶が終わって公卿が御前の座についたあと、天皇と後宇多院は、食膳となる。そして廊下でうち震えていた公卿たちが母屋に導き入れられ、着座するのを見計らって歌舞・音曲の宴である。

〈地下《じげ》（舞踊家）の舞は目なれたることなれど、折りからにや、今日はことに面もち足ぶみもめでたく見ゆ〉（『増鏡』）

見慣れた舞人《まいびと》の舞も、ひと味違って素晴らしく見えたのである。夜がふけても、こんこんと降りしきる雪は止まなかった。

ややあって、頭大夫《とうのだいぶ》・吉田冬方《ふゆかた》が箱に入れた笛をもってくると、それを関白・一条内経が天皇にさしだす。右大将・今出川兼季《かねすえ》も笛、中宮大夫・西園寺実衡《さねひら》は琵琶、大宮大納言・西園寺季衡《すえひら》は笙《しょう》、春宮大夫《とうぐうだいぶ》・洞院公賢は箏《そう》など、それぞれ新政権の幹部が楽器を手にして奏でるのである。無芸だったのか、具親は楽人に加えられなかった。

〈上《うえ》の御笛の音すみのぼりて、いみじくさえたり〉（『増鏡』）

天皇の吹かれる笛の音は、澄みひろがってすばらしく冴え渡った。

世は、まさに後醍醐帝の天下であった。用意された馬で還御になるころ、夜が白々と明け始めた。関白から末端の堂上にいたるまで、宴の余韻を抑えかねて家路につくのである。

第十三章

邦良皇太子の薨去

仁和寺の僧

元亨《げんこう》二年（一三二二年）の四月、兼好は、山科小野庄の田地を三十貫文で大徳寺の塔頭・柳殿に手放した。売値は、買値の三分の一、九百万円であった。

具親の春宮権大夫職も順調であり、家の女房が産んだ具親の長男・具雅《ともまさ》も満二歳となって従五位下に叙せられた。また兼好も、皇太子の歌会に招かれるようになり、歌友・同人と交際する機会も多くなれば、おちおち隠棲など考えられなくなってしまったのである。

双ヶ岡の自宅近くに、門跡寺の仁和寺があった。格式の高い真言宗御室《おむろ》派の大本山である。兼好の人脈には、仁和寺の門跡・聖尊《せいそん》法親王（皇太子の異母弟）や、弘融《こうゆう》僧都（徒然草第八十四段に登場）、ほかにも真言系の高僧が把握されている。東寺の二長者《にのちょうじゃ》となる道我がそうだし、のちに登場する日野資朝の弟・賢俊もそうだ。地位は高いが、それぞれ年下の歌友であり、そのなかに取材源となる仁和寺の僧がいたとしても不思議ではない。まず、ひとつだけ。

［第五十二段］仁和寺にある法師

仁和寺にいる法師は、年寄るまで石清水八幡宮（京都府八幡市男山《おとこやま》。仁和寺から約二十キロ）にお参りしなかったので、気にかかったか、あるとき思い立って、ただひとり歩いて参詣した。極楽寺（八幡宮麓の宮寺《みやでら》）や高良《こうら》（高良社）などおがんで、こんなものかと思って帰った。

そして、友だちに、「年来の宿願をやっと果たせた。聞きしにまさって実に尊かった。それにしても、参詣者がこぞって山へ登って行ったのは、なにごとかあってのことであろう、心惹かれたが、神のお参りを本意と思って、山までは（八幡宮は山頂にある）見なかった」と言った。

些細なことでも、案内人は欲しいものである。

兼好は、仁和寺に関係する逸話を九つ書いているが、いずれも有名な段ばかりである。登場人物は、みな今日でいう東大や京大の教授であったり、学生だったりするエリートである。その智の俊英を題材に、兼好は堀川家の継嗣・具雅を訓育したのであろう。ここらあたりは、第二部執筆の場面で、ふたたび触れることにする。

兼好が仁和寺の歌僧と交流しているあいだに、宮廷と幕府は激しく動いていた。幕府が奥羽の北条得宗家の御内人《みうちびと》・安東氏の内紛と、蝦夷《えみし》の反乱に手を焼く一方、後醍醐帝は、倒幕の準備に余念がなかった。

〈元亨二年中春御懐妊《くわいにん》とて、法勝寺《ほうせうじ》の円観《えんくわん》上人、小野《をの》の文観《もんくわん》僧正二人別勅《べつちよく》によりて禁中《きんちう》にして御いのりあり。かくて御産《さん》の事ハなし。たゝ関東調伏《てうぶく》の為とそ聞えし〉（埼玉県立博物館編『図録太平記絵巻』「中宮御懐妊の事」埼玉新聞社刊）

懐妊祈願の名目につかわれたのは、後醍醐帝の中宮・禧子《きし》。関東申次・西園寺実兼の三女であり、もちろん皇子出産となれば後継の最有力候補になる。だが、じっさいには「御産の事ハなし」であり、鎌倉調伏が眼目だったのである。

天皇家の氏寺といわれる法勝寺の勧進上人・円観（恵鎮《えちん》とも）と、呪術《じゆじゆつ》に長じて後醍醐帝の親任を得た文観（弘真《こうしん》又は殊音《しゆおん》とも）は、頻繁に宮廷に出入りした。そしてその文観は、六波羅の評定衆《ひようじようしゆう》引付頭人《ひきつけとうにん》・伊賀兼光を天皇に結びつける。

いっぽう、後醍醐帝の側近となった日野資朝と、蔵人頭《くろうどかしら》に取り立てられた日野俊基《としもと》らは、ひそかに同志結集の打診をはじめていた。

奈良西大寺の高僧が禁裏に出入りするのは、このころであろう。

［第百五十二段］西大寺静然上人

奈良西大寺の静然《じようねん》上人（真言律宗の明匠《めいしよう》）は、腰が曲がり、眉が白く、まことに高徳のようすでしたが、内裏へ参上されていたので、西園寺内大臣殿（西園寺実衡）が、「ああ、なんと尊いお姿でございましょうや」と言って、ありがたがった態度を示されると、資朝《すけともの》卿《きょう》は、これを見て、「年を取っただけでございましょう」と申し上げられた。

後日、資朝卿は、むく犬の、すごく老いさらばえて、毛の抜けたのをひとに曳かせて、「この姿が尊く見えておられましょう」と、内府へ差し上げたそうである。


まず、西園寺内大臣とは、関東申次を家職とする西園寺実衡である。

南都七寺のひとつ西大寺から、静然上人がやってきた。七十二歳なる静然上人は、よぼよぼとした老人であった。それが実衡には、ありがたく見えた。

「なんと尊いお姿でありましょうや」と、実衡が言えば、そばにいた日野資朝が、

「ただ歳をとっただけでしょう」と、素っ気なく応える。さらに老いさらばえたむく犬をつれてきて、「これも大臣殿には、ありがたく見えるでしょう。つれて帰りなさい」と。

資朝と実衡は同年の三十三歳だが、資朝が従三位の権中納言、実衡は正二位の大納言である。少しは遠慮があってしかるべきところを、ばかにしたようにやりこめる。

つぎに、西大寺である。金沢の称名寺に、西大寺中興の祖・叡尊の法弟・忍性が鎌倉の極楽寺開山に迎えられたのは、文永四年（一二六七年）であった。そしてその年、忍性が下野《しもつけ》の薬師寺にいた審海を称名寺の開山につれてくる。審海に受戒した金沢実時は、称名寺を真言律宗に改宗し、そして審海から弟子の釼阿に受け継がれてきた。

称名寺に親しんだ兼好が、この西大寺との法縁を知らないわけがない。
西大寺は、叡尊の時代から文殊菩薩信仰に熱心で、貧者、らい病者、非人、獄舎の囚人などに斎戒沐浴《さいかいもくよく》させ、施粥《せがゆ》などの救済事業を行ってきた。または橋を架けたり、道路をつけたり、井戸を掘ったりといった公共事業にも積極的だった。そして後嵯峨、亀山、後深草ら各上皇の帰依をうけ、後醍醐帝に受け継がれた。こうした流れのなかで静然上人が禁裏に出入りし、後醍醐が若いころに親しんだ宋学を公卿や武家に説いたのである。

倒幕祈願

元亨四年（一三二四年）三月、大和国般若寺において、文殊菩薩騎獅《きし》像の開眼法要が営まれた。

像造目的は、「金輪聖主御願成就《こんりんせいしゅおんねがいじょうじゅ》」すなわち、後醍醐天皇の討幕運動の成功祈願であり、「大施主前《さきの》伊賀守藤原兼光」は、六波羅評定衆引付頭人の伊賀兼光のことであった。仏師は大仏師法眼康俊《ほうげんこうしゅん》、小仏師康成《こうせい》らであり、「金剛仏師殊音《しゅおん》」とは文観《もんかん》のことである。（『後醍醐天皇のすべて』所収・佐藤和彦記「後醍醐天皇とその時代」新人物往来社刊）

この般若寺は、非人層の宿《しゆく》が周辺の北山にあり、これら貧民に施粥を再三行ってきた。武蔵国の宿について兼好は、こう書いている。

［第百十五段］宿河原といふ所にて

宿河原《しゆくがわら》（神奈川県川崎市）というところに、ぼろぼろ（山野に放浪する無頼乞食の徒）が大勢集まって、九品《くほん》の念仏（九つの段階を示す念仏行）を唱えておりましたところ、外から入って来たぼろぼろが、「もしもし、このお仲間に、いろをし坊（不詳。出家した僧の尊称を使っている）と申し上げるぼろはおられますか」と尋ねたところ、その仲間から、「いろをしは、ここにいるぞ。そう仰せられるご貴殿は、どなたでござるか」と答えたところ、「しら梵《ぼん》字《じ》と申すものです。わが師匠は、何某《なにがし》と申し上げるお方で、東国において、いろをしと言うぼろに殺されたと承っておりますので、その人に逢わせて戴いて、恨みをお晴らし申したいと思って、お尋ね申し上げました」と言う。いろをしは、「おう、あっぱれにも尋ねて来られたか。そのようなことはありましたな。ここで対決させて戴くと、道場を汚すことになりましょう。前の河原へ行って立ち会おう。ああ恐れ多いことだ、手下たちよ、どちらにも加勢するな。大勢に迷惑をかけることになれば、仏事の妨げになるであろう」と言い置いて、ふたりは、河原へ出て立ち会ったところ、思う存分互いに刺し違えて、共に死んでしまった。

ぼろぼろと言う者は、昔はなかったのだろうか。このごろになって、ぼろんじ・梵字・漢字などと言われた者が、その初めだったとか。世を捨てたようでいて我執《がしゅう》が深く、仏道を願うようでいて闘争・喧嘩を仕事としている。放逸《ほういつ》・無慙《むざん》（注）のありさまではあるが、死を軽く受け止めて、少しも未練を残さないようすが潔く思えて、ひとが語ってくれるがままに書き付けさせて戴いた。

（注＝放逸は、仏教語で諸善を修せず残忍な所業・無慈悲をいう。無慙は、やはり仏教語で功徳と有徳の者を尊崇せず自ら恥じ入るところのないことをいう）

武士の作法は知っているが、命知らずの非人を「ぼろぼろ」と呼び習わしたのである。西大寺系の律僧である文観は、これらの階層に合力を呼びかけ、全国を布教しながら悪党の取り込みもした。その悪党はといえば――、

名主《みょうしゅ》などの有力農民、荘官《しょうかん》層、地侍《じさむらい》層から構成され、年貢・公事《くじ》の未《み》信《しん》押領《おうりょう》、兵庫関のような流通・交通の要衝を襲って支配階級に大きな打撃を与えた。幕府は守護・地頭・御家人に悪党鎮圧を命ずるが、その守護・地頭・御家人さえも悪党化していった。（『後醍醐

（『天皇のすべて』所収・松井吉昭記「正中・元弘の乱」新人物往来社刊）

といったありさまで、播磨《はりま》（兵庫県）の赤松円心《えんしん》、伯耆《ほうき》（鳥取県）の名和長年《なわながとし》らの名前が挙げられる。そして蔵人頭の日野俊基は、河内の楠正成《くすのきまさしげ》、東国の足利高氏や新田義貞らと接触し、幕府に対する意識を調べ上げて後醍醐帝に報告していたという。

まさに般若寺の開眼法要は、さしせまった倒幕の祈願であった。

兼雄の七回忌

その年の春、倉栖兼雄の七回忌がきた。「尼随了諷誦文」が登場する問題の年回忌である。兼好にとっては、六年ぶりの帰郷であった。おそらく金沢の称名寺に身を寄せ、釼阿と旧交を温めたであろう。兼好、この年四十六歳、釼阿は六十三歳である。

そのころ金沢家では、ひと騒動が持ち上がっていた。倉栖兼雄の継嗣・四郎が訴えられていた。その訴訟はというと――。

兼雄は文保二年（一三一八）から六年分（元亨三年〈一三二三〉まで）の年貢を二百貫文の代金で金沢殿（北条実時後家）の所領上野国《こうずけのくに》村上郷（群馬県渋川市）の住人尼妙阿《あまみょうあ》に売却し

たが、文保二年に兼雄が卒去したため、その子倉栖掃部助《かもんのすけ》四郎が契約の当事者となった。倉栖氏と妙阿との間のトラブルであれば、金沢家は家内の問題として処理することができたが、妙阿から債権を引き継いだと主張する常阿が幕府の引付奉行人清原職定《もとさだ》の後家を称したため、訴訟は倉栖氏を地頭代に任命した金沢家と清原家の相論に発展した。そのため、この訴訟は倉栖氏の手を離れ、金沢貞顕は円信に担当させている。（永井晋著『金沢北条氏の研究』八木書店刊）

改めて確認しておくが、筆者の永井晋は、倉栖兼雄と兼好を兄弟とはしていない。

さて、兼好が山科の田地を購入した代金が九十貫文であった。これを今日の米価で換算して二千七百万円としたが、その倍以上となる六千万円もの金銭を、下河辺庄築地郷の「年貢米」を形《かた》に借りていた。「土地の押領」ではなかったのだ。しかし考えてみれば、六年ものあいだ年貢米が届かなければ、金沢家にバレないはずはない。とすれば、金沢家当主・貞顕が承知のうえで借り入れたにちがいない。理由はともかく、倉栖四郎は、被告人の立場に置かれたのである。

兼好は、ことの次第を随了尼に手紙を書いたものとおもわれる。その返書は、金沢文庫にある「氏名未詳書状」である。一部重複するが、掲げてみる。

びんぎをよろこび候て申候、さてはことしこ《故》御てゝ《父》の七ねんにて候、これにても仏つく《造》りまいらせ、くやう《供養》しなどし候へども、それにてかたのごとくもし候はぬも心もとなく候、時にゆめ〳〵しく候へども、ようとう《用途》五ゆいまいらせ候、これにて御ときさばく《捌》らせ給候てそうちうにまいらせさせ給候て、御てゝがけうやう《孝養》して給はり候へ、これは四ろうがとぶらひ候ぶん《分》にて候べく候、御申あげばし候はゞうらべのかねよし《卜部兼好カ》とふじゆ《諷誦》にも申あげさせ給候へ（以下欠）（『兼好発掘』所収）

冒頭に「便宜《びんぎ》をよろこび候」とあるから、随了尼は、喜んで手紙を読んだのだ。

さて今年は父親の七年忌ですから、こちらでも仏を造って供養などしましたが、それだけでは格好もつかず心許ない気がいたします、そんなわけで五結《ゆい》を送ります、これで食事をふるまって僧中に差し上げ、父親の孝養をしてください、これは四郎が弔うべきでございますが、あえて申しますならば、卜部兼好と諷誦にも書いてください（以下欠）

ここにでてくる「五結」は、お金の単位である。銅銭の一文銭百枚にヒモを通したものを一結とする。従って五結は五百文。これを米価で換算すれば、十五万円になる。随了尼は、乏しい蓄えのなかからやっと捻出したものにちがいない。

涙なくしては、読めない。それゆえに母の真心を尊んだ兼好は、施主の名前を随了としたのであろう。前述したように、七回忌の諷誦文には、金沢家二代の賢主に仕えた倉栖兼雄の略歴のあと、七十余歳になる随了尼の深い嘆きが記してある。

飲めや歌えの大饗宴

富小路の禁裏では、六月から連日、「無礼講」と呼ばれる大宴会が催されていた。

土岐《とき》伯耆《はうきの》十郎頼員《よりかず》、多治見《たぢみ》四郎二郎国長を、資朝《すけとも》の卿むつひ近つき、その心をとらんとて、公卿殿上人伊達三位房《だてのさんみばう》、法眼玄基《げんき》以下一味同心の人々無礼《ぶれい》かうをくハたて、男ハえほしをぬき、法師は衣を着《き》す。十七八のうつくしき女廿余人にすゝしのひとへをきせて酌《しやく》をとらせ、まひ、うたふ。その間には関東をほろほすへき企《くハたて》の外ハ他事なし。(前出『図録太平記絵巻』原文に句読点を入れた)

日野資朝は、御家人の土岐頼員と多治見国長を招いて親しく接近し、同志に誘おうという図である。これに同志の伊達三位の房祐雅《ゆうが》（遊雅とも）法師、山伏の総本山聖護院《しょうごいん》の僧・玄基を交えて、肌着姿の若い美女に酌をさせて呑めや歌えの乱痴気騒ぎ。遊興のほかは倒幕の密議しかないといった無礼講である。

これを苦々しくうけとめたのは、吉田定房と万里小路宣房、北畠親房の「三房」である。定房と宣房は後二条帝に仕えた経験があり、邦良皇太子とも昵懇である。この邦良を次期天皇にとねがう後伏見院の気持を知るだけに、今上帝の計画は恐懼のきわみであった。

しかしこのままでは、後醍醐帝の満十六歳になる長子・護良《もりなが》親王を筆頭に十四歳の尊良《たかなが》親王など、大勢の親王方の登極は覚束ない。とはいえ、弱小の守護・悪党などをあつめて幕府の大軍とわたりあえるはずはない、と世良《ときなが》親王の養育を任されて将来に期すものがあった北畠親房でさえ、困惑しているようすであった。

いっぽうの鎌倉では——。

執権・北条高時は、二十二歳で病弱。連署に金沢貞顕が就任していたが、幕政を取り仕切るのは長崎一族であった。彼らの専制ぶりは、内部分裂の要因をはらんでいた。

「金沢の殿さまも寧日《ねいじつ》なきありさまにて、さぞかしお困りでありましょうなぁ」

と釼阿は、それとなく幕府の内情を兼好に伝えたにちがいない。もちろん兼好が堀川家の家司と知ってのことだ。兼好は、堀川具親に軽挙妄動をつつしむよう伝えなければならないと考えたにちがいない。のちに具親の行動を窺えば、それらしい態度が散見できる。

二条為藤の死

兼好がちょうど京都に戻った前後になろうか。

元亨四年（一三二四年）六月二十五日、後宇多院が崩御した。宝算の五十八。院は、ここ二年ほど脚気を患って伏せっていたが、数日まえに天皇みずからが見舞ったばかりだった。「ややっ、これは死んでくれるぞ」と、後醍醐がほくそ笑んだかどうか。

後宇多院の死は、邦良皇太子側を慌てさせた。

院が約束した後醍醐の「一代の主」が守られるかどうか。一刻もはやく退陣を求め、邦良皇太子の登極を実現しなければならない。また持明院統としても、次期皇太子に量仁親王を確約させなければならなかった。久方ぶりに大覚寺統の皇太子派と持明院統の利害が一致し、鎌倉方に使者を派遣することになった。

皇太子の使者に名をあげられたのは、六条有忠であった。お忘れかもしれないが、兼好に山科の田地を売ってくれた散官の公家。その有忠が皇太子の側近になっていた。

七月十七日、兼好のもとに二条為藤《ためふじ》の訃報がもたらされた。

二条派は、いまが盛りという時期。後醍醐帝から二条為世に託された『続現葉和歌集』は、今年中にでる。これは『続千載和歌集』の撰にもれた佳作をとりあげたものだが、後継者と目された為藤が実質的に撰者をつとめ、兼好も入集していた。さらに後醍醐帝は、来年完成予定の『続後拾遺和歌集』の単独撰者を為藤に命じた矢先であった。それが業半ばで亡くなったのである。『兼好法師家集』に為藤を悼《いた》んで詠んだ歌がある。

《嘆くことがあって、うち沈んで籠もっていたところ、新中納言（二条為藤）をほどなくして弔うことになって詠む》［詞書］
〈かず〳〵にとはまほしさをおもふまにつもりていとゞことの葉《言》ぞなき　［一九〇］（伺いたいことが沢山あると思っておりましたのに、胸がいっぱいでまったく言葉もありません――拙訳）〉

為藤、惜しまれる享年五十の死である。

さてさて、そうこうしているあいだに宮廷の内外が忙しくなってきた。いよいよ六条有忠を鎌倉に派遣して後醍醐譲位の談判である。邦良皇太子のとりまきの意気もあがる。

そして八月、東宮御所では、邦良皇太子を交えた連歌の会が催されていた。

堀川具親を訪ねた兼好は、邦良皇太子の側近に見つかってしまった。

「おう、兼好ではないか。おーい、兼好がきているぞーっ」と、だれかが叫べば、皇太子が

「一献つかわす」と呼び止め、なおも小走りで逃げようとする兼好に、

「まてしばし、めぐるはやすき、をぐるまの……（しばらく待て。時の経つのは小さな車のように早いのだから……──拙訳）」

と、上《かみ》の句を投げかける。五辻《いつつじ》の少将長俊《ながとし》の朝臣が、

「つけたらどうだ。遠慮することはない」と、引き留める。

このところたて続けに勅撰集に入集している兼好は、歌人として立派にたっていた。皇族公卿・高位高官は別にして、法体歌人の入集は、至難のわざである。皇太子の生母・五辻宗子《そうし》の異母弟にあたる長俊は、それを知って兼好が下《しも》の句をどうつけるか、興味を示したのである。またそこに、かつて邦良親王の父・後二条帝に仕えるはずだった兼好を知っての誘いだったのかもしれない。長俊が引き留めるあいだ、具親は沈黙していた。

林瑞栄は、この席を俯瞰《ふかん》して、

〈兼好がこの場面に登場した途端、具親の役はなくなっている。中心的役柄は、兼好とその対者としての皇太子や長俊朝臣に食われて、場面からは弾き出されたかたちで、場面外に身をおくかたちになっている〉（『兼好発掘』）と、形容する。

いや、そうではないだろう。幕府と宮廷の内実を知る兼好は、「側近に同調して舞い上がってはいけません」と、具親に釘をさしておいたにちがいない。だから具親は、浮かれた仲間に

同調しなかった、と想像できる。そして兼好は、

「かゝる光の、秋《とき》にあふまで（そのような光輝の時がめぐり来るまで—拙訳）」

とつけて、退散するのである。皇太子から盃を賜るのは光栄としても、また純粋な連歌の席ならばいざ知らず、政治色を帯びているからこそ遠慮せざるを得なかったのである。

正中の変

かたや後醍醐帝の周辺でも、日野資朝、俊基らが気勢をあげていた。

「いよいよ、南方が鎌倉へ戻ることになりましてございます」

六波羅の引付頭人《ひきつけとうにん》・伊賀兼光が吉報をもって富小路御所に駆けつけた。

南方は、大仏流の北条維貞《これさだ》である。九年にわたる在任中、文保の和談から西国、畿内の悪党の征伐まで八面六臂の活躍をしてきた。ところが八月十七日、とつぜんに辞任するよう申し渡された。更迭ではなく、辞任を求められたのである。

ところが前日、台風によって京都一帯は大混乱に陥っていた。

〈終夜大風雨、四十年来未曾有のことという。河は溢れ流れ、民家多数が流失し、人馬死者数知れず、鳥羽門倒壊、比叡山諸堂、顚倒という〉（『花園院宸記』八月十六日の条）

それを尻目に退去するとは考えにくいが、一説には、維貞は謀反の嫌疑がかけられたという。

真相は、まったく分からないままの処分だった。これから起きる不発の「正中《しょうちゅう》の変」の直後に疑惑が晴れるのだから、伊賀兼光の讒言《ざんげん》と見るのが順当なのかもしれない。

北条維貞は、一千の兵を引き連れて京都をあとにした。残るは北方の常盤流北条範貞《のりさだ》が率いる一千名のみとなった。まして洛内は、復興の手も回らないありさまである。

そんなおり、邦良皇太子の使者となった六条有忠は、八月二十六日に鎌倉にむけて出発。

〈伝え聞けば、前中納言有忠は、春宮のお使いで関東下向〉（『花園院宸記』八月二十六日の条）

当然、この情報は、後醍醐帝の側にも伝わっているはずである。

「ついに秋《とき》は、来たれり！」

いまがチャンスだとばかりに、後醍醐帝のとりまきは具体策に入った。

決起は、九月二十三日、京都の北野社の祭礼の日と決まった。

六波羅の兵は、復興の監督と洛内警備に忙殺されている。手薄になった北方を襲撃して一気に乗っ取り、南都の興福寺、東大寺、西大寺などの寺々に命じて宇治、勢多の街道で近隣の御家人、守護、地頭の救援隊を食い止めるという計画であった。

「時期、尚早にございます」と、吉田定房が天皇を諫めた。

万里小路宣房、北畠親房も、倒幕には反対だった。しかし結果は、歴史の示す通りに頼員の妻が六波羅探題奉行の父斎藤利行に急報して露見し、九月十九日、自邸を急襲された多治見国

長と土岐十郎頼兼らは、斬り合いのすえに自害。日野資朝と俊基は、関東中次・西園寺実衡の北山第《きたやまてい》にて、

〈召され給うべきの由奏聞《そうもん》云々〉（『花園院宸記　九月十九日の条』）

とあるから、まだ事情聴取の段階なのだろう。そして「資朝、俊基の両人は、頼員とは刎頸の友」とも書き、「世間では両人が主犯ではないか」という。

頼員は、斎藤利行に説き伏せられて思いとどまり、決起は、未発に終わった。

「だから、いわぬこっちゃない」

九月十九日の捕り物の報せを聞いた「三房」ら重鎮は、困惑のうえに危機感を覚えたはずである。倒幕には、天皇自らが関わっていたからだ。

「上さまの親王方の立坊も、これで覚束なくなりますか……」

「いや、これを黙っていれば、後鳥羽上皇の二の舞になるやも知れませんぞ」

最悪の事態は、天皇が島流しにされる。溜息混じりの鳩首会談の結果、天皇に「関係なし」と幕府に報告し、陳謝することにした。

〈払暁、権中納言宣房卿、勅使のために関東下向。このことの原因は、資朝、俊基両名が画策したと聞き、天皇自ら御陳謝のためという〉（『花園院宸記』九月二十三日の条）

さっそく告文《こくぶん》を携えた万里小路宣房は、九月二十三日早朝に京都を出発した。

これとおなじ日に鎌倉入りした六波羅の使者は、「畿内の御家人を総動員して連累を逮捕しているが、西国に飛び火する可能性が大である」と報告。事態を重く見た幕府は、すぐさま何騎もの早馬を仕立てて全国に通達している。

九月二十六日、勅使を迎えた幕府は、告文に書かれた通りとし、天皇にまで捜査の網を拡げなかった。そして幕府は、六波羅に使者を派遣して事態の処理を急がせるのである。

十月十三日、六条有忠が京都に戻ってきた。報告は、持明院方にも筒抜けである。

〈すぐさま春宮御所に参る。話は良い方向だと聞く。子細は、鎌倉より使者が上洛し、そのときに御返事という〉(『花園院宸記』十月十三日の条)

翌十四日の明け方、月蝕となった。天文博士がいうには、「双十節の月の満月の触は、不吉な事件の前兆とのこと。またまた兵を起こすことになろうか」と『花園院宸記』は記している。

同月二十二日には、万里小路宣房が帰洛し、「今回のこと天皇に無関係」との返事をもらってきたという。そして同日、資朝、俊基、祐雅らが真相究明のために関東に下向し、一件は、徐々に解決に向かうのである。

そして十二月九日、元亨を改元して正中元年(一三二四年)となった。

これと前後して、六波羅探題南方に金沢貞将《さだゆき》が着任。弱冠二十二歳という若武者である。父・貞顕が初めて探題に就任したのが二十四歳だから決して若すぎはしないが、状況判断の難しい時局だけに、五千の兵力を引きつれての入洛であった。

両統の競馬

正中二年（一三二五年）正月三日、鎌倉の将軍御所が全焼した。火元となった西御門は、平生火気のないところから不審火が囁かれた。後世の歴史を知るわれわれは、これが鎌倉幕府終焉の八年まえの予兆と解釈できる。北条得宗家を牛耳る御内人・長崎一族への憤懣から、後醍醐帝に与《くみ》する御家人が鎌倉の膝下《しっか》に増えつつあったと想像できるからである。

この不祥事が京都に伝わったのは、一月の十三日であった。『花園院宸記』正月十三日の条は、こう記している。意訳する。

〈本日、日野俊光卿が参上し、関東のことを語った。立坊のこと、ご返事が先延ばしになったようである。従って期するところなし。

去る三日、関東相州の亭（将軍御所）が焼失したと噂に聞いた。よって（俊光は）上皇に命じられて訪ねてきた。武家は天皇に報告しないが、その噂が確実であれば、天皇および上皇のお達しが出て当然である。

立坊の件はなお和談すべきこと、禁裏に申し上げるべきと云々。このことについて大覚寺統内もすでに分裂。このことは正安に重々約束したにもかかわらず違ってきている。どうしたことかと尋ねたところ、後継の天皇は皇太子によってなされる。これについて考えを述べても、なお相談されるべきというだけである。まったく期待外れである。近日中に（後醍醐側近の）吉田定房が下向しなければならないと風聞した。これについては、（皇太子の側近・六条）有忠がまた鎌倉に馬を走らせるという。

近年、大覚寺と持明院が別々に使者を走らせる。世間ではこれを〝競馬〟という。なのに同じ統内でもやっている。嘆かわしい限りである。後宇多院が崩御になってからも一度ならず、わずか六、七ヶ月のうちに二度までも、両統の使者が同時に馳せる。まったく穏便ならざる事態である。但し、持明院統の運命も、ひとえに皇太子の驥尾《きび》（しっぽ）につくのか〉

日野俊光は、持明院統の花園院の重臣である。その息子・日野資朝は大覚寺統の後醍醐帝に鞍替えして今回の騒動を引き起こした。勘当したとはいえ、わが子の審判がどうなるか、気にしながら花園院のもとへ参上したのである。

未遂に終わった正中の変を境に、皇位後継問題が棚上げになってしまった。量仁親王の立坊を願う花園院の、なんともやる瀬ないおもいが伝わってくる。

邦良皇太子の東宮御所でも、おもいは同じであった。

後醍醐帝の叛意は、明白である。これを奇貨として譲位を急がせよう、と六条有忠を鎌倉に走らせた。にもかかわらず、春宮大夫・洞院公賢や権大夫・堀川具親は、いささかも動いていない。もちろん、同族の皇太子が皇位に就くことに無関心であろうはずがない。しかしここで動いたとて、幕府自体が積極的に皇統に介入する暇はないのである。

「御前、たとえ春宮さまのためとはいえ、軽々しく動きめさるな」

と兼好が、具親に忠告したとしても不思議ではない情況であった。

一代限りの後醍醐帝が退位すれば、かならず邦良皇太子が践祚になり、持明院統の量仁親王が皇太子になる。そのつぎが邦良親王の長子・康仁《やすひと》親王の立坊である。

にもかかわらず、六条有忠が二度までも鎌倉に派遣されたのは、おそらく周囲におだてられた邦良皇太子自らが践祚を急いだからであろう。ここは慎重に、春宮大夫・洞院公賢と権大夫・具親とが不動の姿勢を貫いて辛抱するほかないのである。

ある日、兼好は、皇太子の歌会に招かれた。『兼好法師家集』を見る。

《正中二年、春宮より歌合の歌を召されましたので、山路花《やまぢのはな》、稀逢恋《まれにあふこひ》を》［詞書］

歌題に「旅路の山に咲く桜」と「たまにしか逢えない恋」がだされたのである。

〈けふも又ゆくての花にやすらひぬ山わけごろも袖にほふまで　［一〇六］（今日もまた、行く手の桜に心をやすませた。山をわけ入るその袖に香りが染みつくほどまでに―拙訳）〉

兼好は、旅の衣になぞらえて皇太子の薫陶が袖にしみわたる喜びを詠んだ。

〈いつまでと《と》ゝはるゝたびにながらへて心ながくも世をすぐすらむ　［一〇七］（つぎはいつと尋ねられるたびに、私は生きつづけて次も逢えると思うことでしょう―拙訳）〉

かつて皇太子から、「まてしばし、めぐるはやすき、をぐるまの……」と、上の句を投げかけられた兼好は、「かゝる光の、秋《とき》にあふまで」と応えて退散した。

皇太子に近侍できなくても、こうしてお目に掛かる機会はつぎも訪れるだろうと自問しながら自答するのである。しかし、事態は二転も三転もありそうであった。

皇位の争奪戦は、大覚寺・持明院両統ともに邦良皇太子の践祚と量仁親王の立坊を待ち望み、後醍醐帝の存在が目障りにさえなってきた。後醍醐帝の側からすれば、このまま推移すれば嫡子を皇位につけることすらも叶わなくなる。これを阻止するには、幕府を倒すほかなかった。一度は瓦解した倒幕計画は、またも帝を中心に着々と進められていた。

幕府の内紛と邦良皇太子の薨去

年が明けて正中三年（一三二六年）を迎えた。

三月十三日、執権・高時がとつぜんに出家した。一説には、闘鶏《とうけい》に明け暮れる高時を強引に引退させたといわれるが、別説には、長崎一族の専横にやる気をなくしたともいう。この出家が、次期執権をめぐって内部分裂にまで発展する。

三月十六日朝、内管領・長崎高資《たかすけ》は、五度も出家を願いでた金沢貞顕に執権就任の使者をだした。貞顕の任期は、高時の長男・邦時《くにとき》が長じるまでの中継ぎである。邦時は、生まれて半年に満たない赤子であり、しかも生母が長崎一族の血統。中継ぎとされた貞顕とは、貞顕の叔母が御内人に嫁いで姻戚関係にあった。

長崎高資の意図は、見えみえである。このあからさまな人事に、反対を表明したのが高時の同母弟・泰家《やすいえ》を推す得宗家外戚の御家人・安達時顕であった。

高時と泰家の生母は、安達一族であり、さきの執権・貞時の正室である。まかり間違っても得宗家に使用人の血統を入れてはならぬ、というのが安達時顕の主張である。

金沢貞顕が執権をうけたと知った泰家らは、安達一族ともども総出家して貞顕の命を狙う事態を招いた。貞顕は、三月二十六日に辞任して出家。わずか十一日間の執務で終わった。後継の人選は混迷をきわめたが、ようやく四月二十六日、得宗家庶流の赤橋守時と決まった。これが幕府最後となる第十六代執権である。

いっぽう京都では、恒例の宮中行事も滞りなく終え、践祚も間近とおもわれた邦良親王がとつぜんに病魔に襲われ、三月二十日に薨去した。後宇多院の皇女で正室だった禖子《ばいし》内親王をはじめ六条有忠ら三十余人の廷臣男女が落飾するという大悲劇に見舞われた。

ふつうの病死ではなかったことを窺わせるが、やる気満々の後醍醐帝の、手段を選ばない所業についてはここで触れない。

邦良親王、享年二十七。葬儀の記述は、どこにも見当たらない。父帝・後二条が眠る左京区北白河陵の一角に葬られたとされ、明治二十二年（一八八九年）に御陵が造られた。

兼好は、かつて邦良親王の歌会に招かれて詠んだ五首の歌を「先坊《せんぼう》ノ御時《おんとき》ノ御歌合につかうまつりし五首」と書き添えて『兼好法師家集』に採録している。追慕の歌である。

これらのうち「元亨三年の事にや」と詞書にある一首を弔歌としよう。

〈秋ふかき霜をき《置》そふるあさぢふ《浅茅生》にいくよもかれ《離》ずうつころも哉　［一五五］（晩秋の霜の降りたあばら家からは、幾夜も途絶えることなく衣をうつ音がきこえます―拙訳）〉

わずか二年半まえに詠んだ歌である。堀川具親は権大納言に昇叙し、その子・具雅も東宮御所に仕えはじめた、喜ばしいばかりの時期であった。しかし歌は、冬の準備をするらしい砧《きぬた》で衣を打つ音が貧しい家から聞こえてくるという哀切に満ちたもの。

親王の薨去により、具親は解官され、具雅が持明院統の量仁皇太子の侍従になった。

具親は、出家しなかった。兼好が助言したのだろう。まだ三十二歳の具親には将来がある。

身内の皇太子に同情連座する必要は、さらさらないのである。また洞院公賢も、出家せずに出世街道を突き進むことになる。

このころ、公尋のもとで出家した兼好の弟・慈遍は、洞院公賢の弟で、天台座主となった慈厳に引き立てられて法印になっている。伊勢神道と天皇の関連を研究した慈遍は、後醍醐帝の信認をえていた。そのために兼好は北朝、慈遍は南朝の両極にわかれる。そして慈遍の研究は、吉田神社の卜部家に寄与するのである。

兼好三兄弟を産んだ随了尼の他界は、じつにこの前後である。母の墓を建てた兼好は、墓地に桜木を植えた。『兼好法師家集』を引用する。

《双ヶ岡に墓地をこしらえ、傍らに桜を植えさせて詠む》（詞書）

〈ちぎりを《お》く花とならび《双》のをか《岡》のへにあはれいくよ《幾世》の春をすぐさむ　［一九］（約束したように花と並べて岡に墓を造ったが、ああ、この墓ですら幾世の春を過ごすことか——拙訳）〉

兼好は、この墓がいつまで姿をとどめているものやら、と無常を詠むのである。

第十四章

徒然草の続稿

足利尊氏の天下

後醍醐帝による二度目の倒幕計画（元弘《げんこう》元年／元徳《げんとく》三年。一三三一年）は、帝の側近・吉田定房の密告によって発覚。ついに八月、後醍醐帝は、大和の笠置山《かさぎやま》に遁《のが》れて挙兵した。元弘の乱である。

これを討つために九月二日、幕府は出兵を下令。ここで歴史上、初めて登場するのが清和源《せいわげん》氏《じ》の流れをくむ足利尊氏である。初名は「高氏」だが、煩雑を避けて「尊氏」とする。

征夷大将軍・源頼朝が鎌倉に幕府を開いて三代・実朝で清和源氏の嫡流は、断絶した。いこう宮家から将軍を迎え、平氏一門の北条家が執権として幕政を取り仕切ってきた。

しかし、傍流とはいえ頼朝から有力な源氏の一流とみなされた足利氏は、下野《しもつけの》国《くに》足利《あしかがの》庄《しょう》（栃木県足利市）を領して本貫《ほんかん》（本籍地）とし、安達泰盛や金沢顕時ら北条一族と姻戚を結びながら御家人のなかでも特別な存在でありつづけた。

嘉元三年（一三〇五年）七月、足利貞氏と公家の血をひく上杉頼重《よりしげ》の娘・清子《きよこ》とのあいだに生まれた尊氏は、このとき二十六歳の若武者。鎌倉では、北条氏のなかでも得宗家につぐ家格をもった赤橋久時の娘・登子《とうし》を妻に迎えていた。ちなみに登子は、最後の執権・赤橋守時の妹にあたり、やがて征夷大将軍のファースト・レディーとなる。

出陣の命令がでたとき、尊氏の父・貞氏は、あすをも知れぬ死の床にいた。尊氏は、数日の猶予を願いでたが、長崎高資は赦さなかった。九月五日に貞氏が他界。天皇率いる倒幕軍を笠置山に破った尊氏は、早々に兵を引いて鎌倉に戻るのである。これが原因で尊氏は、幕府に不信感をいだくようになったという。

十月四日、六波羅南方に捕獲された後醍醐帝は、三種の神器を要求された。

『花園院宸記』は、〈先帝を六波羅南方に迎え奉り、御在所となす〉と記している。

神器は、十月六日に手渡され、受領立会人のひとりに堀川具親の名がある。後醍醐帝に身内の皇太子を謀殺された恨みが、具親になかったとはいいがたい。神器を護衛して禁裏に持ち帰るとき、具親は宿怨を晴らしたおもいではなかっただろうか。

十二月二十七日に廃帝された後醍醐は、隠岐島《おきのしま》へ遠流《おんる》と決定した。

持明院統の量仁皇太子が践祚して光厳《こうごん》天皇となり、故邦良親王の嫡子・康仁《やすひと》親王が立坊された。これがいわゆる鎌倉幕府が指名した北朝天皇の初代である。

翌元弘二年／正慶《しょうけい》元年（一三三二年）三月には、即位式が挙行され、具親は外弁《げべん》を勤めた。儀式では、内弁《ないべん》につぐ重要な職務である。しかし、皮肉な運命が待ちうけていた。

光厳帝即位と同じ三月、後醍醐が隠岐島へ流されて元弘の乱は収束したかに見えた。ところがその年末、倒幕軍として戦った楠正成が再び千早で挙兵。年が明けて元弘三年／正慶二年

（一三三三年）一月、播磨《はりま》（兵庫県）の赤松則村《のりむら》も呼応してたち上がった。閏二月には、後醍醐は島を脱出し、伯耆国《ほうき》（鳥取県）の名和長年《ながとし》に奉ぜられて不死鳥のごとくに甦るのである。

各地の武士に綸旨《りんじ》を発した後醍醐のもとに、猛烈な勢いで反幕勢力が結集をはじめた。

幕府は、足利尊氏と名越高家《たかいえ》を総大将として上洛軍派遣を決定。尊氏は、幕府の求めに応じて「異心なき旨」の誓約書を書き、三月二十七日に妻・登子と嫡子・千寿王《せんじゆおう》（のち二代将軍足利義詮《よしあきら》）を鎌倉に残して出陣したのである。

そして尊氏が寝返って倒幕軍に荷担したことで後醍醐の勢力が倍増し、足利氏と同祖・上野国《こうずけのくに》（群馬県）を本貫とする新田義貞《にったよしさだ》が鎌倉を攻め落として、ついに元弘三年／正慶二年五月、鎌倉幕府は、百五十年の歴史に幕を下ろしたのであった。

京都を占領した尊氏は、すぐさま北条氏滅亡後の鎌倉の混乱をおさえ、京都の御所に後醍醐を迎え入れた。光厳帝は廃され、康仁皇太子もご破算になった。春宮権大夫だった具親の継嗣・具雅も、これによって官位昇叙の停止となる。

復辟《ふくへき》した後醍醐帝は、記録所を復活して裁判から恩賞などの政務を取り仕切った。そして新政府には、楠正成、名和長年、新田義貞らを重用して尊氏を遠ざけ、かろうじて足利家の執事・高師直《こうのもろなお》と、尊氏の伯父・上杉憲房《のりふさ》が事務方に登用されたに留まった。

年が明けて元弘四年（一三三四年）一月、建武と改元。そして後醍醐帝は、持明院統・光厳上皇の姉・珣子《じゅんし》内親王を中宮に迎え、実子の恒良《つねなが》親王を皇太子とした。
同年五月、堀川具親は、大納言に昇叙、奨学院別当となって村上源氏の長者に就任。八月には、按察使《あぜち》を兼任する。赴任したかどうかは不明だが、名義だけの就任もあり得た。

このように、具雅は官位を停止されたが、具親の身分は安泰であった。しかしその年の十月になって具親が按察使を停止させられた。
これが兼好の、徒然草再起稿のときである。

後編の第一声

兼好が徒然草第三十八段以下の第二部を書き始めるのは、幕府崩壊の翌年、建武元年（一三三四年）十月以降からとしている。少し長いが、兼好の気の入れ方がはなはだ熱っぽい。通説ではこのあたりから、兼好の精神的な深化、とりわけ仏教的な達観が見られるという。しかし、林瑞栄が想定する執筆の実情は、そうではない。第一声を読んでみよう。

［第三十八段］**名利に使はれて**

己の名誉と利益に心を支配されて、静かに考える暇もなく、一生を苦しみ抜くことは、まことに愚かである。

財産が多ければ、身を守るのがおろそかになる。怨みを買い、禍《わざわい》を招くもとになる。死んだあと黄金を積んで、北斗星を支えるほどあったにせよ、残ったひとにとっては煩わしいものになるだろう。愚かな、ひとの目を楽しませる快楽も、これまた味気ないものである。大きな車や、太った馬、豪華な装飾も、心あるひとからは、ひどく、愚か者に見えるだろう。お金は山に捨て、宝石類は川の深いところに投げなさい。物欲《ぶつよく》に惑うのは、この上ない愚か者である。

世に隠れない名誉を長く後世に残すことは、最も望ましいに違いないと思うだろうが、高位、高貴だけを、素晴らしいひとたちと言うであろうか。愚かで劣るひとでも、それなりの家に生まれ、機会に恵まれれば、高い地位に昇り、豪奢を極めるものもある。すぐれた賢人や聖人は、自ら低い地位にあり、機会を得ずして終わる、これまた多い。ひたすら高位・高官を望む名誉欲は、物欲の次に愚かである。

智恵と心だけは、とりわけ世にすぐれた名声として残しておきたいが、良くよく考えてみると、名声を愛することは、ひとの評判をよろこぶものである。誉《ほ》めるひと、貶《けな》すひとも、ともにこの世に（永久に）留まるわけがない。名声を噂に聞くひとでも、これまた、たちまちのうちにこの世を去る。だれに恥じ、だれに知られようと願うのか。名声は、また誹《そし》りの原因にもなる。死後の名声などは、残ったとしてもまったく利益がない。名声を残そうと願うのは、(名誉欲の)次に愚かである。

但し、強いて智を求め、賢を願うひとのために言っておけば、智恵の発達は虚偽・虚飾となり、才能は煩悩の増長したものとなる。伝えて聞き、学んで知るのは、本物の智ではない。いかなるものを智というべきか。可と不可は、一連のものである。いかなるものを善というか。本物のひとは、智もなく、徳もなく、功もなく、名もない。だれが知り、だれが伝えようか。このようなひとは、徳を隠して、愚を守るのではない。もともと、賢愚・得失の(欲界の)境地にはいないのである。

迷いの境地にあって名利の本質を求めれば、こうなるのである。世俗のすべては、みな「否定」されるべきものである。論ずるに足らず、願うに足らずと言うべきである。

名誉、財産、努力、賢愚の全否定である。

この随筆の読者は、自己不信におちいり、厭世観に支配されているようである。

兼好は、五十六歳。まさに歌人としては円熟期といえる。ちなみに徒然草を編集することになる今川了俊(貞世)は、弱冠の八歳。歌道に入るのは、四、五年先の童《わらべ》である。

邦良親王の薨去から八年。堀川具親は、不惑の四十に達し、大納言に昇叙、ついに奨学院別当すなわち源氏の長者になった。出世の早かった祖父・具守の就任が三十九歳だったことからすれば、紆余曲折のわりには順風満帆だったといえる。
それが秋も深まった十月の某日、兼好は、またも徒然草を書き継ぐ羽目になった。

> この青年貴族（具親）は、勅勘のとけた年の翌元応二年には、長子具雅の親となっている。だから具親の長子具雅は、その家司兼好の目の前で成長しつつあった。具雅十四歳の元弘三年五月、かつて光厳院治下になって得た官位は、重祚《ちょうそ》の後醍醐帝治下で停止され、以後正四位下に止まること四年に及ぶのである。（林瑞栄著『兼好発掘』）

問題を抱えていたのは、満年齢で十四歳になる具親の子・具雅であった。その具雅のために兼好は徒然草を必要とした、と林瑞栄は見るのである。

> 世は、建武新政に湧き立つ中で、この政変の犠牲となって、前記のように若い具雅が受けた官位剥奪と昇任停止のうき目は、兼好のあふれ出るような同情を誘発したと読むからである。具雅の若さと容赦ない政変の非情との痛ましい出会いを目前にして、激情にちかい心情の促迫によって、兼好の筆は再び執られた。（前出『兼好発掘』）

と、林瑞栄自身が激情にかられて動機づけを強調している。

兼好が興奮したかどうか疑われるが、具親にとって息子の官位剝奪は重大だったであろう。宮廷は、一寸先は真っ暗闇。兼好が頼みの綱とした鎌倉幕府は崩壊して、北条得宗家から金沢一族にいたるまで、ことごとくが討ち死にして切り札を失っていた。そして兼好が具雅に贈ったことばが、以下である。

［第三十九段］**或人、法然上人に**

さる方が、法然上人《ほうねんしょうにん》に、「念仏行《ねんぶつぎょう》（一心に『南無阿弥陀仏』と唱える）をしておりますときに、睡魔に襲われて、行を怠ることがございますが、どうすれば、その悪い癖を止められましょうか」と申したところ、「目が醒めている間に、行をしなさい」と、お答えになったと言うが、まことに尊いお言葉であった。

また、「極楽往生は、確実だとおもえば確実だし、不確かとおもえば不確かである」と仰せになった。これも尊いお言葉である。

また、「疑いながらでも、念仏を唱えれば、極楽往生できる」とも言われた。これもまた尊いお言葉である。

具雅は、精神的な安定を欠いていたのだろう。しきりに念仏行をすすめている。しばらく徒然草を読みつづけよう。

［第四十段］因幡国に

因幡国《いなばのくに》（鳥取県）に、なんとか入道とかいうひとの娘が、飛びっきりの美人と聞いて、男どもが大勢言い寄ったが、この娘は、栗だけを食べて、いっさい米の類を食べなかったので、「このような変わり者は、ひとさまに嫁ぐべきではない」と、親が許さなかった。

信仰と運命論に挟まれて妙に気になる段であったが、具雅が神経過敏で偏食気味だったとすれば納得がいく。このあとにすでに紹介した第四十一段の「五月五日の賀茂の競馬」の逸話となり、生死の到来の不確かさを物語るのである。運命というものは、計りがたい。木のうえで眠る法師をバカにしながら、バカにする見物人の命だとていま尽きるかもしれない。滑稽ばなしも、場所をえれば立派な運命論である。

つぎもまた、恐ろしい病気のはなしだが——。

［第四十二段］唐橋中将といふ

唐橋中将《からはしのちゅうじょう》（源雅清。唐橋家）というひとの子に、行雅僧都《ぎょうがそうず》という、教相《きょうそう》（真言密教の教義）のひとが師とする僧がいた。のぼせあがる持病があって、年をだんだん取っていくにつれて、鼻のなかがふさがり、息もしにくくなってきたので、さまざまな治療をうけたが、ひどくなって、目や眉、額なども腫れあがって、顔を覆ったので、ものも見えず、あたかも二の舞の能面のように見えたが、やがて恐ろしい、鬼の顔になって、目は頭のてっぺんにつき、額のあたりが鼻になったりして、それから後は、自坊の内のひとにも姿を隠して籠りきりになり、長い年月を経てなお、進行するばかりで、亡くなった。

こんな病気もあったものだ。

さあ、こんな病気もありますから、食べるものはちゃんと食べて、元気にならなければいけませんよ、という脅しを含んだ諭しであろうか。

またさらに、若さまとおなじ年ごろの青年に、こんなひとがいるではありませんか。

［第四十三段］春の暮つかた

春の夕暮れどき、のどかにほのぼのとした空の下に、賤しい身分とは思えない家があり、奥が深く、木立も古色蒼然として、庭に散って萎《しお》れた花を見過ごすのが惜しいような気がしたので、ちょいと踏み込んで眺めていると、南面《みなみおもて》の格子をぜんぶ閉め切って寂しいようすであったが、東に向いて妻戸が適当に開いており、御簾《みす》の破れから覗いてみると、涼しげな美男子が、年のころは二十歳ぐらいであろうか、くつろいだようすで奥ゆかしく、至極のんびりとして、机のうえに巻物をひろげて読んでいた。

どういう身分のひとか、訪ねて名前を聞いてみたいものであった。

このあといろいろな人間模様が描かれて、さきに紹介した第五十二段の「仁和寺にある法師」の登場となる。そしてまた仁和寺のはなしである。

［第五十三段］これも仁和寺

これも仁和寺の法師だが、稚児《ちご》が僧侶になる（俗世の）別れといって、それぞれ芸を披露して遊んでいたところが、（ある僧が）酔っ払って羽目を外し、そばにあった足鼎《あしかなえ》（三本足の湯沸し釜）を取って頭にかぶろうとしたが、窮屈な感じだったので、鼻をペシャンコにして顔を差し込み、踊りながら出ていったところ、満座のおもしろがることこの上なかった。

しばらく踊ったあと、抜こうとしたが、ちっとも抜けない。宴会の酔いも一気にさめて、どうしようかと困り果てた。あれこれやっているうちに、首のまわりが切れて、血が流れだし、腫《ふく》れにふくらんで、息もつまってきたので、叩き割ろうとしたが、容易に割れず、ガンガン響いて堪えられないので、続けられず、どうしようもなくなって、三本足の角《つの》に帷子《かたびら》（几帳《きちょう》に掛けたカーテン）をかぶせて手を引き、杖をつかせて、京の町中（三、四キロある）にある医者までつれていく、道すがら、ひとが怪しんで眺めることこの上なかった。

医者のもとに入って、向かい合った姿は、まことに奇妙であったであろう。（その僧が）ものを言っても、くぐもった声が響いて（医者に）聞こえない。（医者が）「このようなことは、医学書になければ、世間に伝わる教えにもないぞ（つまりサジを投げた）」と言えば、ふたたび（僧たちは）仁和寺へ帰ったが、親しい友人、老母などが、枕元に寄りあつまって泣き悲しんでも、（本人が）聞いているようには思えなかった。

そうこうするうちに、あるものが言うには、「たとえ耳や鼻が切れ失っても、命まで失うことはなかろう。力まかせに引っ張ろうではないか」と、藁《わら》の芯《しん》を首のまわりに差し込み、鼎を外そうと、首もちぎれんばかりに引っ張ったところ、耳と鼻が欠けて穴になりながら抜けた。

辛くも命をとりとめはしたが、長いことわずらっていた。

[第五十四段] 御室にいみじき児

御室(仁和寺内の院御所)に、たいそう愛らしい稚児がいたので、なんとか誘いだして遊ぼうと計画する法師たちがいて、芸能や雑芸のできる法師たちと相談して、しゃれた形の破子《わりご》(重箱状の器に料理を詰めたもの)を、精魂込めてこしらえ、大箱のようなものにちゃんとつめて、双《ならび》の岡《おか》の格好な場所に埋めて置いて、紅葉を散らして覆い、すぐに見つからないようにしておいて、御所へ行き、稚児を誘いだした。

大喜びして、あちこち遊びまわり、さきほどの苔の筵《むしろ》にならんで座り、「いやぁ、くたびれた」、「ああ、このもみじを焚くヤツがいるといいなぁ」、「験《げん》(霊験《れいげん》)がある僧たちよ、さあ、祈ってみられよ」などと口々に言い合いながら、埋めておいた木の下に向かって、数珠をこすり、印(両手で仏を表す印契《いんげい》)をそれぞれが結んだりして、もったいぶった儀式をして、木の葉を掻き退けたところが、全然、埋めて置いたものがない。場所を間違えたかと、掘らないところがないほど山じゅうを掘り探したが、どこにもなかった。埋めるところをだれかが見ていて、御所へ行っているあいだに盗んだのであろう。法師たちは、言葉を失い、聞き苦しいほど言い争い、腹を立てて帰ってしまった。

あまり手の込んだ細工をすると、必ずつまらぬことが起きるものである。

さきに、仁和寺の教授や修行僧をエリート集団だと書いた。これが重要である。

現在、仁和寺の執行兼財務部長・大西智城《ちじょう》師は、自著『失敗それもまたよし～徒然草の智城風現代訳～』（私家版）に、〈仁和寺の僧侶は、今で言うエリート中のエリート集団で、周りの誰からも尊敬の念を集めるような立場の僧侶集団と考えられます。その仁和寺の僧侶を、ある面おもしろおかしく、中傷や揶揄して随筆で紹介しているのですから、兼好法師は余程の洒落者だったに違いありません〉と、困惑をこめて書いている。

弘法にも筆の誤り、といえばもうお分かりだろう。そこらの洟垂《はなた》れ小僧がいくら誤字脱字しても、なんの教訓にもならない。また第六十段に、仁和寺真乗院の盛親《じょうしん》僧都という変人教授が登場するが、講義中でも病臥中でも、里芋の親芋ばかりを食べ、三百貫文（約九千万円）を食い尽くしてしまう。偏食するなら、これぐらい徹底すれば、学門も成り、病気も治る。

これが具雅に読ませるテキストブックであれば、失敗談が立派な教訓になるのである。

具雅の復任、そして

「御坊、なんとかならぬものか」

と、具親が八方塞がりの具雅の打開を願うのは、とうぜんである。

「しばらくのご辛抱を」と応えて、兼好は堀川家の宮廷復帰を思案する。

北条一門は、滅びた。しかし、縁故をたどれば、足利家に通じた。

尊氏の父・貞氏の正室・釈迦堂殿《しやかどうどの》は、金沢顕時の娘であり、尊氏の義母にあたる。また、新政府の事務方で在京する家臣の上杉憲房とは、堀川家の関係があった。こちらは、二代まえの上杉重房に遡ることから、縁としては薄い。となれば、尊氏の執事・高師直である。兼好の兄・倉栖兼雄が金沢家の執事だったことから、面識はなくとも噂には知っていたのかもしれない。また倉栖四郎が師直の配下であったという説もある。のちに高師直のラブレター事件に関与することから、ここは師直とするのが順当であろう。

建武二年（一三三五年）七月、北条高時の遺児・時行を担いだ近国の武士が蜂起して鎌倉を占拠。これを知った尊氏は、朝廷に時行討伐の征夷大将軍任命を願いでたが、後醍醐は許さなかった。のみならず、わが子・成良《なりなが》親王を征夷大将軍に就けて出陣させた。武家の棟梁をないがしろにした後醍醐のやりかたに、ついに尊氏は愛想をつかした。

八月二日、尊氏は、勅許なく軍を率いて出京した。

たまたまその日、具親は、関東申次の家職も消滅した西園寺公宗《きんむね》（中宮大夫。謀反の罪で斬首）の後任として、珣子内親王の中宮大夫に任命された。兼好にしてみれば、ひとつの難関を通過したにすぎなかった。将来のながい具雅がはっきりしないからである。

破竹の勢いで反乱軍を撃破した尊氏は、八月十九日には鎌倉を奪還し、味方諸将に恩賞を与え、鎌倉に留まっていた。

同年九月ごろか、兼好は宮中の千首和歌披講に招かれた。作者三十余名のなかに頓阿、浄弁ら地下の法体歌人も交じっている。二条為定が出した題は、「春夏秋冬の動・植物」と「恋」。『兼好法師家集』に載せた七首から一首だけ「春殖《植》物」を引用しておく。

〈久方のくもゐのどかにいづる日のひかりにゝ《匂》ほふ山桜かな　［一六八］（ひろい空にのどかに昇る日の光に、匂うばかりの山桜の美しさよ―拙訳）〉

鎌倉が制せられて愁眉をひらいた清々しい歌である。これには、足利尊氏も参加していた。

《建武二年、内裏千首歌の折りには関東にいたが、題を貰って詠んだ歌は、「氷」》［詞書］

〈ながれゆく落葉ながらや氷るらむ風よりのちの冬の山川　［新千載六二六］（流れて行く落葉もろとも氷るのか。寒風吹きすさんだあとの国土はどうなることか―拙訳）〉

尊氏は、鎌倉で詠んだのだ。後醍醐帝は、このあと勅使を派遣し、従二位の昇叙を伝えて上洛を促したが、ついに尊氏は腰をあげなかった。

そして同年十一月、尊氏は、諸悪の根源を新田義貞とし、「君側《くんそく》の奸《かん》を討つべし」と、誅伐《ちゅうばつ》書を朝廷に差し出すいっぽう、全国の武士に集結を呼びかけた。だが後醍醐帝は、新田義貞を大将に足利討伐軍を鎌倉にさしむけた。これが世にいう建武／延元の乱である。

建武三年（一三三六年）一月、新田軍を討ち破り、追撃して一旦は京都に入った足利軍は、新田・北畠顕家・楠正成連合軍に撃破されて九州に遁れる。

そして四月、尊氏と行動をともにした真言宗三宝院の僧正・賢俊の計らいによって光厳上皇の錦の御旗を手にした足利軍は、海路と陸路にわかれて東上し、兵庫で新田軍を、湊川で楠正成軍を撃破。六月には京都・東寺に仮皇居をかまえて光厳上皇と後伏見帝の第二皇子・豊仁《ゆたひと》親王を迎え入れた。

このとき追い迫る新田軍を、東大門《ひがしおおもん》を閉めて防戦し、ついに敗走させた。爾来、東寺の東大門は「不開門《あかずのもん》」となって六百七十有余年の今日にいたる。

同年八月、豊仁親王を践祚して北朝二代光明《こうみよう》天皇となる。十一月には後醍醐が三種の神器を引き渡し、尊氏は征夷大将軍に任じられて幕府の再興を天下に宣言。同年十二月、後醍醐は密かに吉野に遁れて朝廷を開き、約六十年にわたる南北朝時代に入る。このとき後醍醐と行動をともにした兼好の弟・慈遍は、吉野に潜行したあとの消息を聞かない。

建武四年／延元二年（一三三七年）一月、ようやく堀川家の嫡子・具雅は、十七歳にして参議となり、右兵衛督《うひようえのかみ》、正四位下に叙せられた。七月には右衛門督《うえもんのかみ》となり、十月には従三位と位階も旧に復する。林瑞栄は、ここで所期の目的を果たした兼好は擱筆したとしている。

ところが具雅は、翌建武五年／延元三年（一三三八年）六月二日に出家してしまうのである。

尊卑分脈には「菩提心ニヨル」と明記してある。
しかし徒然草は、必要に応じて補足したと考えても良かろう。

終章

死出の旅仕度

具親の断景

建武五年／延元三年七月（一三三八年）、堀川具親は、石清水八幡宮の遷宮の上卿《しょうけい》に就任した。尊氏が右腕と恃《たの》む執事・高師直によって焼かれたばかりの社殿を修復するため、神霊を仮社殿にうつす責任者である。徒然草第五十二段「仁和寺にある法師」に登場したこの神社は、伊勢神宮につぐ社格をもち、天皇の行幸もあった。それが、つぎの段に関係があろうか。

［第二百十三段］**御前の火炉**

（天皇・上皇の）御前《ごぜん》にある火鉢に火を入れるときは、火箸で挟むことはない。土器《かわらけ》から直接移さなければならない。それゆえに、転げ落ちないよう心得て、炭を積むべきである。

石清水八幡宮に（上皇が）御幸《ごこう》されたおり、供奉《ぐぶ》のひとが浄衣《じょうえ》を着て、手で炭をおつぎになったので、ある有職《ゆうそく》のひとが、「白衣を着た日は、火箸を用いるのは、さしつかえない」と言われた。

他愛のない有職故実の記述だが、再び神霊を社殿に戻すのが同年十二月である。具親との語らいのなかで、光厳上皇を迎えるときの火鉢が話題になることだとてあり得る。だから、具雅の復帰を機に擱筆したとは考えにくいのである。

その年となる建武五年八月、兼好の歌の師匠・二条為世が八十九歳でこの世を去った。ちなみにこの八月末、光明帝は、建武を改元して暦応《りやくおう》と定めている。

為世への弔問歌はないが、『兼好法師家集』から贈答歌をひろっておこう。

《十月のころ、大和の初瀬にある長谷寺を詣でましたところ、入道大納言（為世）が「紅葉を折って来い」と言われましたので、立派な枝ぶりの紅葉に、檜を添えてさし上げたのですが、帰る道すがら、紅葉がすべて散ってしまったことを詠ませて戴いたもの》［詞書］

せっかくの紅葉も、運ぶ途中で葉が落ちて初瀬名産のヒノキしか残らなかったのだ。


〈世にしらずみえしこずゑははつせ《初瀬》山君にかたらむこと《言》の葉もなし　［一〇四］（世にも稀な名勝の梢が散ってしまい、先生に何とお詫びしたらよいか言葉もございません—拙訳）

返し

こもりえ《隠江》のはつせ《初瀬》のひばら《檜原》をり《折》てそふるもみぢにまさる君がこと《言》の葉　［一〇五］（初瀬の檜を折り添えた君の歌は、紅葉にまさるすばらしさだよ—同）〉

宮廷随一の歌人が逝った。二条流は、すでに孫の為定が継承していたが、ここで頓阿の存在が大きくなる。頓阿は、前述したように俗名を二階堂貞宗という。鎌倉幕府では、実務官僚として政所《まんどころ》執事をつとめた家柄。幕府最期のとき、尊氏の継嗣・千寿王と妻・登子が遁れたのが二階堂氏の裏山であった。そんな関係もあってか、尊氏は頓阿が幹部をつとめる二条為定を厚遇し、このあと『新千載和歌集』（一三五九年成立）の撰を任せるのである。

それはともかくとして——。

暦応二年／延元四年（一三三九年）八月、後醍醐帝が吉野・吉水院《よしみずいん》の行在所《あんざいしょ》で崩御した。その知らせは、すぐに洛中に伝わった。

ここに、鎌倉と後醍醐の両者に縁のある禅僧・夢窓疎石《むそうそせき》（国師）が登場する。

「先帝と類縁の菩提を弔う寺を、全国に創建されてはいかがかと」

疎石は、南北の和解になるのではないか、と尊氏に提案したのである。

今日、夢窓疎石の名は、世界遺産となった名園の庭師のように受け止められがちだが、数多の寺を創建し、自ら庭園を設計して費用の捻出までできる理財家でもあった。前述したように、木活字による印刷を始めたという嵯峨野の臨川寺も疎石の開基であった。もちろん教学でも、天台、真言の両密教を会得し、さらには臨済宗の禅を修得している。

後醍醐帝に招かれた疎石は、南禅寺に再住（以前に住職をした）して武家に信者の多い臨済宗の教化を試みた。帝から国師号まで贈られた名僧だったが、建武の新政府は二年余で終わってしまった。そして迎えた先帝・後醍醐の崩御である。

疎石の案は、京都・亀山殿に「暦応資聖禅寺《りやくおうしせいぜんじ》」を創建し、全国に「安国寺」を建立するというもの。寺号に「暦応」の元号をつけるのは、この時代を象徴する栄誉であり、全国を視野に入れたその規模は、聖徳太子の国分寺いらいである。

尊氏は、この意欲的な企画にのった。そして光明帝も賛成し、光厳院の勅裁がでて本決まりとなった。のちに天竜寺と名づけられた寺の由緒書きにこうある。

〈当寺は暦応二年（西紀一三三九年）奈良県吉野の行宮で崩御された南朝の後醍醐天皇の冥福を祈るため足利尊氏が発願し北朝の光厳天皇の勅許を得て名僧夢窓国師を開山として創建された寺である。（以下略）〉

七堂伽藍の総本山に百二十もの支院を擁する「暦応資聖禅寺」の創建に、反対の声をあげたのは比叡山延暦寺と延暦寺派の公卿であった。そしてあろうことか、延暦寺の訴えをきいた内大臣兼右大将・堀川具親は、反対の陣頭にたったのである。

即位直前の邦良皇太子の死と、その嫡子・康仁皇太子の廃位は、ともに後醍醐の仕業である。わが子・具雅のために隠忍自重してはきたが、新時代の象徴に後醍醐を祭り上げることに抵抗を示したのであろうか。具親の気持を察する兼好の心境も、複雑である。

寺号に元号を用いた例は、比叡山延暦寺がある。最澄が開いた一乗止観院《いちじょうしかんいん》は、桓武天皇の帰依をうけ、桓武帝治世の延暦の年号をとって最澄の死後に延暦寺としている。しかし今回、延暦寺が反対するのは、暦応が北朝の元号だったからである。

具親ら公卿の協力もあってか、創建の勅裁も暗礁に乗り上げかけた。そこで一案がでた。尊氏の実弟・直義《ただよし》が亀山院のある保津川（大井川はその一部）に、金の竜が舞うのを夢に見たという。そこで天竜寺の名が挙げられた。つぎの段がそのことを指すのか。

［第百十六段］寺院の号

寺院の号や、その他いろいろなものに名前をつけることは、昔のひとは、少しも凝ったものを求めず、ただ、ありのままに、簡単につけたものだ。このごろは、深く考え、才覚を見せびらかすように聞こえるのは、大変にわずらわしい。ひとの名前も、見慣れない文字をつけようとするのは、なんの益もない。

なにごとも、風変わりなことを求め、異説を好むのは、浅才のひとに必ずあることであるという。

名づけて「天竜資聖禅寺」。正式に光厳院が勅諚《ちょくじょう》して改称するのは翌年七月になるが、兼好にしてみれば素直につければ良いのである。具親も喜んだにちがいない。

暦応三年（一三四〇年）四月、南朝は延元を「興国」と改元。天竜寺の創建も、この四月になってようやく動きだした。そして光厳院および尊氏から膨大な荘園が寄贈されて京都五山の第一位に列し、やがては貿易の特許をうけて天竜寺船をだす大寺となる。

ラブレター事件

さて堀川具親はというと、暦応三年七月一日、嫡子・具雅が他界。その初七日の当日、具親は朝廷に事前の伺書もなく剃髪、いっさいの官職から身を引くのである。具親、四十六歳。兼好は、六十二歳である。そろそろお役目ご免としたいところだが、高師直がいた。

兼好が吉田山の麓に感神院《かんしんいん》と名づけた庵を結ぶのは、この前後であろうか。御所を挟んで双ヶ岡の正反対である。林瑞栄は、その場所について興味深い発見をしている。

庵から道一本をへだてた距離に後二条帝と邦良皇太子の墓所があり、兼好は、日夜、詣でていたのではないか、そして不要になった徒然草の草稿を壁や襖に貼りつけて往時を偲んだのではないか、と林瑞栄は想像するのである。

兼好が高師直の恋文を代筆したのは、このころである。『太平記』（全四十巻。作者不詳・一三七〇年ごろ成立）に記された「塩冶判官讒死の事《えんやのはんがんざんしのこと》」が史実ならばという条件つきだが――。

正史では、塩冶の判官・塩冶高貞《たかさだ》の自害は、暦応四年（一三四一年）三月になっているが、太平記には、その前年三月の事件として描かれている。

隠岐から脱出した後醍醐帝が名和長年に担がれて挙兵したとき、出雲国の守護だった塩冶高貞は、天皇を護衛して上洛。その褒美として後醍醐から賜った女房が絶世の美女だった。皇女・早田宮《さわたのみや》の娘、ひと呼んで北《きた》の方《かた》といった。

後醍醐から尊氏の弟・直義に乗り換えた塩冶高貞は、出雲と隠岐両国の守護を命ぜられた。その直義との関係がぎくしゃくしはじめた高師直は、病気と称して館に引き籠もっていた。そして師直の不興を慰める宴会が、連日、開かれていたおりもおり――。

たまたま琵琶法師が語った平家物語から女談義となり、「美女ならば十ヵ国ぐらい褒美に取らせてもよい」と、師直が豪語する。これを聞いた老女・侍従局《じじゅうのつぼね》が障子を開けて、「先帝外戚の御娘《おんむすめ》・北の方なんぞをご覧になったら、日本、唐《から》、天竺《てんじく》までも与えられるのですか。それはまぁ、絶世の美女ですよ」と、縷々美女ぶりを自慢する。

「ちょっと待て。して、その宮はどこにおられるのか、年ごろは？」と、身を乗りだす師直。

「残念でございました。いまは、田舎者の妻になられ、歳もとられて昔ほどではございません、と言いたいところですが」と、相変わらずの優雅なようすを物語る。そして「このまま田舎に朽ち果てるのが悲しいほどの美貌でございますよ」と、褒めちぎった。

これが一座の興では終わらなかった。師直の不機嫌は治ったが、別の病が起きた。

「おい、会わせてくれ。実現したら所領なりとも、いや、オレの財宝をすべて取らす」

「ですが、いまは、ひとの妻。どうしてこれこれしかじかでございます、ひと目だけでも会ってくださいよ、と申し入れできましょうや」と断ろうと思ったが、すげなく応えて命でもとられたら元も子もない。

「お話ししてみましょうが……」と不承不承ながら、豪華な手土産をもたされて帰る。

二、三日思案しているうちにも、師直からは酒や肴などさまざまな贈り物が届けられ、「早くしてくれ」と、矢の催促。断ることばもなくて北の方を訪ね、かくかくしかじか、「せめてひと目だけでも会ってくだされば、ご主人さまのご出世に役立ちましょうし、私たちのような後ろ盾のない身にも、力となってくれましょう。度々お会いになっては目立ちましょうが、せめて一夜なりとも」と口説いてはみたが、「とんでもない」と、北の方は承知しない。

ほとほと困り果てた侍従局は、ことの次第を師直につげる。すると師直、ますます熱をあげて、「熱心に口説けば、わが思いに心が動くこともあろう」と、兼好の登場となる。

〈兼好と言いける能書《書道家》の遁世《とんせい》者を呼び寄せて、紅葉《もみぢ》重ねの薄やうの、取る手もくゆるばかりにこがれたるに、言葉を尽くしてぞきこえける〉（山下宏明校注『太平記　三』新潮日本古典集成）

兼好は、表が紅、裏を青く染め上げた恋文用の、受け取ったひと手に匂いが移るほどに香《こう》をたきこめた薄手の便箋に、ことばを尽くして書き送ったのである。

返事が遅いと待っているところへ、使いの者が帰ってきた。

「お手紙を手にとりながら、開封もせずに庭に捨てられましたので、人目についてはいけないと思いまして、私が懐に入れて持ち帰りました」と、報告する。

「いやいや、役立たずな書家だ。今日よりその兼好法師の出入りを差し止めよ」

と、兼好のせいにして怒りまくる。そこへ薬師寺公義《きんよし》なる武士が現れた。

「おい、もうちょっと近う寄れ。せっかく手紙をやったのに、読もうともしねぇガードの固ぇ女房がいるんだが、どうしたものかのぅ」と、苦笑いの師直。

「なぁに、ひとはみな木石でもありませんから、どんな女房でも誘えばなびきますよ。もう一度、手紙を書いてみたらどうですか」

「そうか。では、そちが書いてくれぬか」

と、頼まれた薬師寺公義は、適当なことばも見つからず、自分が詠んだ歌にする。

〈返すさへ手や触れけんと思ふにぞわが文《ふみ》ながらうちも置かれず（手紙はつれなく返されてしまったが、それもあなたの手にふれたであろうと考えますと、なつかしくて下に置くこともできません――山下宏明訳）〉

高師直は、その歌を侍従局に届けさせた。すると女房は、歌を見て頰を赤らめ、袖に入れてたち去ろうとする。

「ご返事はいかが」と、袖を引いてもとめる仲介人。もう、必死である。そして女房は、「重きが上のさよ衣《ごろも》」と、言い捨てて奥に消えた。

　これを聞いた師直は、「そうか。衣と小袖が欲しいのだな」と、公義にいう。

「いやいや、そうではございませぬ」と、『新古今和歌集』（一二〇五年成立）にある、

〈さなきだに重きが上のさよ衣わが妻ならぬ妻な重ねそ（ただでさえ女犯《にょぼん》の罪は重いのに、自分の妻ではない人妻と関係を持つなど、とんでもないことだ―山下宏明訳）〉

　という十戒の歌を披露した公義は、「人目を気にしているのでしょう」と解釈する。

「そうか。そなたは弓矢のみならず、歌道もなかなか達者だなぁ」

と、褒美に黄金づくりの太刀をわたすのである。

　兼好は、高師直の信用を一気になくした。

〈兼好が不詳《不運》、公義が高運《好運》、栄枯一時に地をかへたり《両者の寵愛はたちまち逆転してしまった》〉（前出『太平記　三』）

　それからというもの、師直は侍従局をたびたび呼びつけ、脅したり、うなだれたりして「なんとかせよ」と迫る。困り果てたのは、侍従局である。

　そこで女房の湯上がりのスッピンを見せれば愛想をつかすだろうと、塩冶の家の仲居の童女を手なずけ、入浴の夜を待ち構えて師直を案内する。これが悪かった。

　湯上がりの女房は、ガッカリするどころか女神のように妖艶に見えた。師直は、その場にひれ伏して動けなくなってしまった。「寝ては夢、起きては現幻《うつつまぼろし》の」と、ますます病が嵩《こう》じたの

である。ついに侍従局も、田舎に逃げだす始末であった。

あまりのストーカー行為に恐れをなした塩冶高貞は、まず女房とふたりの息子に護衛をつけて領国・出雲へ送りだし、一日遅れて高貞も出立した。

これを知った師直は、「塩冶判官にご謀反の疑いあり」と、尊氏と直義の兄弟に訴え、追捕《ついぶ》の出兵とまぁ、他愛のない座興が二国の守護を謀反人に仕立てあげてしまった。

そして、途中で追いつかれた北の方は、幼い次男を尼寺に預けて長男を道連れに焼身自殺。ぶじ領国にたどりついた高貞は、その死を知って自害という顚末を迎える。

後日談だが、塩冶事件から約三百六十年後の元禄十四年（一七〇一年）三月、江戸城松の廊下で浅野内匠頭《たくみのかみ》が吉良上野介《きらこうずけのすけ》を斬る不祥事が発生した。内匠頭は、即刻、切腹を申しつけられ、夕刻には三十五歳の生涯を閉じる。そして浅野家の家老・大石内蔵助《くらのすけ》たち四十七士が主君の仇を討つのが、翌年十二月の十四日である。

宝永三年（一七〇六年）五月、近松門左衛門は、この江戸城内の大事件を、浄瑠璃『碁盤《ごばん》太平記』と題して発表した。その借景が、太平記の「塩冶判官讒死の事」だ。塩冶が浅野内匠頭、高師直が吉良上野介に置き換え、爆発的な人気をとった。塩冶の女房が歌舞伎では顔世御前《かおよごぜん》、これを逃がそうとするのが兼好の役どころ。そして歌舞伎「仮名手本忠臣蔵」など、今日にいたる一連の討ち入り劇を生みだすのである。

冷泉家との交遊

とんだハプニングに見舞われた兼好は、そのころ冷泉派の宗匠・冷泉為秀《ためひで》と親しく交わるようになっていた。為秀は、冷泉派の祖・冷泉為相《ためすけ》の嫡子である。

鎌倉歌壇は、為相と母・阿仏尼《あぶつに》の活躍によって築きあげられた。ところが彼らの鎌倉下向は、藤原定家伝来の書物や領地をめぐる裁判のためであった。本来は直系の二条家が受け継ぐべきものを、為世の祖父・藤原為家が側室の阿仏尼にそっくり与えた。これによって為世の父・為氏とのあいだで裁判沙汰となり、為相・阿仏尼側が勝訴した。そして鎌倉歌壇が盛んになり、為相は冷泉派の祖となった。

十三年まえに為相が逝き、冷泉派は為秀に受け継がれた。そして二条派は為世が遷化して為明の代となった兼好は、だれ憚ることなく冷泉派に出入りできた。禁裏も持明院統一色となり、光厳院いかが冷泉派の歌を詠むせいもあったのであろうか。同じく二条派の大黒柱と恃《たの》む頓阿も、親しく交わるようになったのである。

とはいえ、頓阿・慶運・浄弁・兼好の和歌四天王を擁する二条派は、尊氏の支援をうけ、洞院公賢ら有力な廷臣をかかえて超然たる勢力を誇っていた。

さて、満十七歳となった今川了俊が兼好と知り合うのは、この時代である。

今川家は、源八幡太郎義家《みなもとのはちまんたろうよしいえ》を祖とする足利氏と同族。了俊の父・範国《のりくに》の代までは三河国（愛知県）を本貫とし、鎌倉幕府の儀式を取り仕切っていた。これが有職故実に通じ、京極派の和歌に秀でた文化人であった。

尊氏が後醍醐帝に反旗を翻したとき、同族の誼《よしみ》をもって合力。戦功をあげて遠江《とおとうみ》と駿河《するが》（ともに静岡県）の守護となり、室町幕府の引付衆《ひきつけしゅう》（裁判と記録が主務）として上京した。領国は、長男・範氏《のりうじ》が治め、次男の了俊が父についてきたのである。

鎌倉にいた十一、二歳のころ、了俊は、祖母の影響で京極為兼の猶子・為基に師事した。その為基の紹介で冷泉為秀の門に入ったのである。ちなみに京極派と冷泉派は、為兼と為相の時代から親しく交流し、作風も似て「ありのまま」を尊ぶ。

康永《こうえい》二年／興国四年（一三四三年）七月、今川了俊は、冷泉家にやってきた兼好と巡り会った。兼好は、六十五歳。とても青二才が対等に話せる相手ではない。了俊は、堀川俊房（一〇三五～一一二一年）が書写した黄表紙の源氏物語を、定家自筆の青表紙本と読み較べて筆を入れる兼好を、

「あれが兼好法師か」と、やや大柄な老人を垣間見たにすぎない。

堀川俊房は、村上源氏の中興の祖ともいえる文化人で、おそらくその黄表紙の写本は具親のもとにあったに違いない。これは、具親との関係が途絶していなかった証左であろう。ひいき

目に見れば、具親の次男・具孝が康永三年／興国五年（一三四四年）七月、十七歳で従三位・参議に昇叙し、堀川家の動向になんら変化はなかったということは、鎌倉人脈と堀川家とをむすぶ「ロビイスト兼好」の面目躍如たるゆえんではなかろうか。

ともかく冷泉家の蔵には、定家伝来の書籍があり、兼好にとっては垂涎《すいぜん》の的。お近づきになったよしみで、源氏物語第一巻「桐壺の巻」を書写させてもらったのである。

このころすでに兼好は、命松丸と名乗る童子を連れ歩いていたであろう。感神院には、もうひとり寂閑《じやくかん》なる内弟子がいた、と『崑玉集』は伝える。南朝方の北畠顕家に仕えたというから南朝方の武士である。主人を亡くして出家したのであろうか。

金剛三昧院奉納短冊

康永三年（一三四四年）十月八日、足利直義は、現在国宝に指定されている「宝積経要品《ほうしやくきようようほん》」（財団法人前田育徳会所蔵）を高野山金剛三昧院《こんごうさんまいいん》に奉納した。副題に「奉納和歌短冊」とある。

これがなぜ、旧加賀藩の財宝を管理する前田育徳会にあるのかも興味のもたれるところだが、まず発願の動機から記しておこう。

奉納の一年まえ、足利尊氏は、夢を見た。

〈抑《そもそも》、先年、或人が霊夢を感ずるによって、南無《なむ》釈迦《しやか》仏全身舎利《ぶつぜんしんしやり》の数字をもって、各々《おのおの》和歌の

首句《しゆく》に冠し、もってこれを詠ず〉（『宝積経要品』前田育徳会編。跋文《ばつぶん》読解・菊池紳一）

これは、尊氏の弟・直義が書いた跋文の一部。すべて漢字書き。

南北朝の両陣営は、相変わらず干戈を交えていた。これを収めるために幕府は、天竜寺と安国寺、そして戦没全霊の鎮魂をこめた利生塔《りしようとう》をそれぞれの安国寺に建立していた。

それでも戦は収まらず、平和を切に願う尊氏に「霊夢」を見させた。これを直義に語ったのであろう。それを聞いた夢窓疎石が発案し、直義がとり計らったのである。

釈迦と戦没者の仏舎利《ぶつしやり》への信仰を示す経典・宝積経の重要な部分を、直義、疎石、尊氏の三人が写経して直義の跋文で締めている。

写経の文字を見ると、直義は几帳面な能書家を窺わせ、疎石は高僧らしい闊達な筆さばき、尊氏は骨太で、手には剣ダコがありそうな武人の筆跡である。だが、達筆だ。

霊夢に従って、光明帝（又は光厳院）いか二十七名が「なむさかふつせむしむさり（「南無釈迦仏全身舎利」の読み）」の十二文字を頭に詠み込んだ和歌百二十首の短冊を経文の裏に貼りつける。それらの短冊は、奉納する年の春ごろから集め始めたと考えられている。

もともと金剛三昧院は、鎌倉幕府の初代将軍・源頼朝が高野山の荘園を安堵して保護したのが縁で、妻の北条政子が夫・頼朝の菩提を弔うために建立した禅定院《ぜんじょういん》がもとである。政子の次男で三代将軍となった実朝が暗殺されると、高野山に参籠して出家した有力御家人・安達景盛に勧められ、息子の菩提を弔うために政子が建立・寄進したのを機に、禅定院の寺号を改めたのが金剛三昧院である。

足利氏との縁は、伯母となる政子の十三回忌にあたる暦仁《りゃくにん》元年（一二三八年）に、足利義氏が政子と実朝の納骨のために丈六《じょうろく》の大日如来像と大仏殿を建立し、さらに灯油料（永代供養料）として領地を寄進。鎌倉幕府崩壊後も、尊氏が寺領を安堵している。

尊氏の切なる願いは、武士が殺し合う時代を終わらせることだった。

和歌は、尊氏と直義が十二首詠んで最多。光明帝（又は光厳院）の六首、二条派の宗匠・二条為明と冷泉派の宗匠・冷泉為秀が六首、そして頓阿・慶運・兼好の五首とつづく。高師直は、一首。直義の部下・細川顕氏《あきうじ》の三首と較べて見劣りする。このころすでに直義と師直の対立が露わになっていたのであろう。

これら百二十首の番外篇として、冒頭に「賢俊《けんしゅん》」という僧侶の短冊がある。これは、兼好との関係があるから後述するが、奉納を仲介した真言宗の高僧とだけ記しておこう。

では、この奉納されたはずの「宝積経要品」が、なぜ旧加賀藩にあるのか。

江戸時代、すでに宝積経要品の存在は知られており、三代加賀藩主・前田利常（一五九四〜一六五八年）が目をつけて、寺側と売買交渉。寺側が「この短冊は、世に隠れなきもの」ゆえに領地の寄進を要求して決裂。大名の領地は、いうなれば東京に本社をもつ株式会社徳川産業の所有であり、同社の加賀支社長の前田家は、勝手に処分できなかった。

つづいて五代藩主・綱紀《つなのり》（一六四三〜一七二四年）が、仲介人をつうじて交渉。このときも、領地の寄進が条件で成立しなかった。さらに金銭による売買を申し入れて断られている。

そのうちに金剛三昧院側にも、「近年、諸堂も破損し候」といった都合ができた。堂宇《どうう》を再建し、残余の金で田地を買えばよかろう、となったのである。

元禄四年（一六九一年）五月、寺側から話があり、同年閏八月には商談となった。

交渉の結果、黄金三百枚、小判にして二千二百三十六両で成立。一両で一石の米が買えた時代である。例のごとく米価で換算すれば、一キログラムの米を五百円と仮定して、約六億七千万円となる。国宝に指定された現代では安い買い物かもしれないが、それにしてもかなり高額の値がついたものである。

この逸話をわざわざ引き合いにだしたのは、林瑞栄が大学の恩師で、数年後には文化勲章を受章する山田孝雄《よしお》から借り受けた〈前田家所蔵の兼好家集と、うらに兼好の自筆短冊の収めてある宝積経要品の、何れも尊経閣複製本〉（『兼好発掘』）がこれだったからだ。ちなみに兼好自筆の「兼好家集稿本」も、国の重要文化財に指定されている。

さらに加えるならば、徒然草の「原本」を蒐集したのが、前田綱紀である。延宝八年（一六八〇年）まで手許にあったというから、宝積経要品を入手する十一年まえのことだ。

兼好の奉納和歌を、一首だけ採録しておく。冠した文字は、「む」である。

〈むさしのや雪ふりつもるみちにたにまよひのはてハありとこそきけ（『宝積経要品』所収）（武蔵野は、雪が降り積もった道でさえ、迷っても必ず出口はあると聞いたのですが―拙訳）〉

兼好が家集の編集を始めるのが、貞和《じょうわ》元年／興国六年（一三四五年）のころとされている。同年八月ごろには、入集した「藤葉集《とうようしゅう》」が成立し、そろそろ人生の幕引きを視野に入れていたのであろう。兼好、六十七歳。宝積経要品の短冊五首が含まれていないところを見ると、かなり編集が進んでいたのか。念入りに推敲《すいこう》をかさねている。

貞和二年／興国七年（一三四六年）閏九月六日、兼好は、洞院公賢を訪問した。

〈兼好法師来〉（『園太暦』）とあり、用向きは歌会の連絡と雑談。

洞院公賢の日記『園太暦』（昭和十一年六月・斎木一馬・岩橋小彌太校訂編集。昭和四十五年十一月 続群書類従完成会復刻）は、延慶四年二月三日から約五十年間書きつづけられた鎌倉・室町期の宮廷の記録。

兼好が訪ねたころの公賢は、左大臣。二年後には太政大臣になる。ちなみに具親は、次男具孝、三男具信の成長を楽しみながら子作りにはげむ日々であった。

終焉の地　伊賀草蒿寺

貞和二年（一三四六年）十月、兼好は、醍醐寺三宝院および東寺の長者などを兼ねる賢俊の伊勢参拝に同行する。この賢俊は、日野俊光の三男であり、兼好が徒然草に再三書き残した、あの日野資朝の弟である。九州に遁れた尊氏に同行し、光厳上皇の錦の御旗を取り付けて京都の再奪還を成功させた功労者。「公家・武家権勢比肩《ひけん》の人なし」（『園太暦』）という実力者である。

京都から伊勢まで約百五十キロ。参詣だけならば、往復十日余もあれば足りる。しかし、この旅が兼好終焉の地に関係してくるのである。

霜月騒動で父・倉栖某を亡くした兼好・兼清の兄弟は、卜部兼顕に連れられて伊勢の斎宮へ落ち延びた。兼清は伊勢に残り、兼好は京都の平野社に入った。

兼清は、伊勢の神道学者・度会常昌に伊勢神道を学び、京都の僧・公尋のもとで出家。法名を慈遍と名乗り、天台座主・慈厳《じごん》大僧正に仕えて法印に任じられた。慈厳は、洞院公賢の七歳下の弟。兼好たち兄弟は、同じ生活圏にいたのである。そして慈遍は、伊勢神道と天皇家をむすびつけた『豊葦原神風和記《とよあしはらしんぷうわき》』などを著し、南朝方とともに吉野へ落ち延びたものらしい。その後の消息を絶っている。

そういう意味でも、兼好にとって伊勢は特別な場所であった。

さて、貞和四年（一三四八年）十二月二十六日、兼好は、洞院公賢を訪問している。

〈兼好法師入来　武蔵守師直狩衣《かりぎぬ》以《い》下《か》事談之也《ことだんこれなり》〉（『園太暦』）とある。

兼好は、年末年始に宮廷へ着てゆく師直の装束について相談に行ったのだ。そしてこの年、兼好家集が完成したと推定される。

観応元年（一三五〇年）四月八日、法金剛院の過去帳に、兼好法師、享年六十八と記された。

おもうに、双ヶ岡の草庵に久方ぶりに戻った兼好は、四月八日の灌仏会《かんぶつえ》で賑わう近くの法金剛院に立ち寄ったのであろう。そして同年四月、遷化したばかりの玄恵《げんね》法印の追善歌会に参加。また同年八月には、二条為世の十三回忌の歌会にも列席している。さらにまた観応二年（一三五一年）の奥書が入った『続古今集』の書写本を残していたりする。

同年二月には、高師直ら一族が身内に討たれて武庫川で死去。そして翌観応三年（一三五二年）二月に尊氏が弟・直義を殺害。さらに京都に南朝の勢力が侵入し、これを尊氏が追い払うという血なまぐさい戦がつづいて、兼好の噂も聞かなくなった。そこで法金剛院は、最後となった灌仏会の縁日に遡って命日にしたのではなかろうか。

観応三年六月ごろであろうか。兼好のもとに、「後普光園院殿御百首《ごふこうえんいんどのおんひゃくしゅ》」なる歌集が回ってきた。歌人としても有名だった関白・二条良基の自作百首の自撰和歌集である。それに頓阿、慶運、兼好の三人は、採点と講評を求められた。大変な栄誉だが、関白との交遊がポイントである。兼好は、ついに歌壇のトップクラスに立っていたのである。そして頓阿が奥書をつけて返却したのが、同年八月十七日であった。

同日、光厳院の第二皇子・弥仁《いやひと》親王が践祚・即位し、北朝四代・後光厳帝となって「文和」

と改元。これを最後に兼好の姿は、京都から消えた。兼好、七十四歳である。

このあと『崑玉集』は、命松丸の故郷、阿倍野松原（大阪市阿倍野区）に寓居し、ムシロを編んで暮らしたという。たとえ事実であったとしても、そうも長くはなかろう。

「命松丸よ。あとは今川どのを頼るがよい」とかなんとか。

今川了俊は、このころ二十七歳。父・範国とともに東奔西走、戦に忙しかった。

ひとり旅立った兼好は、伊勢に行く途中の伊賀にむかう。現在の三重県伊賀市である。京都から約五十九キロ、徒歩十二時間の距離だ。伊賀の城下から約二十キロ離れた種生《たなお》の国見の里に、七堂伽藍の立派な草蒿寺《そうこうじ》があった。兼好は、この寺に身を寄せたという。そして天に昇ったか、地に潜ったか、その後の消息は杳《よう》としてつかめない。

天正九年（一五八一年）九月、草蒿寺は、織田信長の伊賀攻めによって焼失した。

それから百年を経た貞享《じようきよう》二年（一六八五年）、俳聖・松尾芭蕉の高弟だった伊賀藩士・服部保英《やすひで》は、旅先の近江国水口《みなくち》宿でばったりと芭蕉に出くわした。二十年ぶりの再会である。

「どうだ。精進しておるか」と、師匠に問われて不勉強を羞じた保英は、藩の職を辞して俳句に専念。土芳《とほう》と号して芭蕉晩年の俳論を整理し、『三冊子』などを著作した。現在は伊賀市内の「蓑虫庵《みのむしあん》」の創立者として有名だ。

芭蕉から兼好の墓所を聞いた土芳は、元禄十一年（一六九八年）秋に国見の里を訪れた。土芳は、『蓑虫庵記』に「草蒿寺の跡とは畑なり」と記して、一句詠んでいる。

月添ひしかなしさこほる萩すすき　　土芳

冴えわたる月を友とする兼好の面影が、秋草に哀しく見えたのであろう。

公儀の許しをえた奥鹿野《おくがの》村の久昌寺住職・竜雲和尚は、二、三年後に御堂を建立して末寺とした。そのころ伊賀は、兼好没後三百五十年祭で盛り上がろうとしていた。没後とは計算が合わないが、兼好が賢俊と伊勢を旅した貞和二年十月から数えてちょうど三百五十年のころあいになる。ふたりは、草蒿寺を訪ねでもしたのだろうか。

その御堂も、安政二年（一八五五年）十月の大地震によって倒壊。そして今、種生のひとびとによって手入れされた丘の麓の梅林に、「兼好法師終焉之地」と彫った碑《いしぶみ》だけが、往時を物語っている。

あとがき

ある五月のいち日、名古屋の友人石垣優さんの車で伊賀市種生の草蒿寺跡に遊んだ。山里の、ほんとうに美しい日本の風景のなかに土芳《とほう》の句碑が建っていた。鬱蒼と樹木の茂った丘のてっぺんの、兼好塚とされるところは荒れていたが、幾春を過ごすかと詠んだ兼好の、双ヶ岡の所在のなさと較べれば立派だった。

さて、その兼好である。幕末史を書いていたとき、南北朝史に言及せざるをえなくなった。類書を読んでいると、「兼好法師は北朝のひと」という資料につきあたった。おやっとおもい、なるほどと納得したが、その原稿を書き上げたあと、徒然草に目をとおした。

わたしは、徒然草を研究する気はさらさらなかったが、大学の恩師・古関吉雄先生のご遺族から戴いた蔵書をふくめて、二十数冊の兼好関連が埃をかぶったまま書棚に放置してあった。一冊も読んでいなかったのである。さすがに気が差して数冊を一気に読んだ。

読むだけでは満足できずに安良岡康作著『徒然草全注釈　上巻・下巻』を参考に、佐藤春夫の訳文などを傍らにして全訳を試みた。そして徒然草の概要を把握したのである。

乱読したなかに、異色な本があった。それが林瑞栄著『兼好発掘』である。しかもそれは、他書の批判にさらされていた。袋だたきと表現しても良いぐらいであった。これは、応援してみる価値はあるのかもしれない。それほど刺激的かつ斬新な内容であった。

わたしはまず、彼女が発表したすべての論文をとりよせて著書と比較してみた。内容は、ほぼ著書につくされていた。こうして林先生の論文と二人三脚をはじめたところ、伊藤太文氏の『徒然草発掘』にであい、さっそく面会をもとめて援軍をえた。史家がどのように判断するかは、今後の問題である。

こうして月刊「大法輪」に連載を始めたところ、友人の小林歌子さんが桑原博史先生の名を口にした。「筑波大学教授の?」と、おもわず訊き返した。「そうよ。えらい先生なんだから」と。わたしはすでに桑原先生の文章を引用させてもらい、広範な時代背景と兼好像に迫った著書『人生の達人　兼好法師』によって兼好研究の問題点も教えて戴いていた。

桑原先生は、林説に賛同しておられないが、わたしがまったくの見当違いを冒してもこまる。小林さんに紹介されて手紙を差し上げるとき、ふと林先生が、ご高齢の恩師・山田孝雄先生を煩わせた姿をおもいだして、苦笑いをうかべた。おもえば桑原先生も、山田先生の年齢に似通っておられる。

しかし古典の密林に踏み込むには、熟練の先達が必要である。わたしは、桑原先生にそれを求めたのであった。さいわいにして先生は、わたしの論点の違いを承知されてご指導戴けた。とりわけ詩歌の解釈は、兼好の素顔を覗かせる場面が多く、微妙なところを懇切丁寧に教えて戴いたが、拙訳では、極力、意味を優先して掛詞の妙を省略した。専門家の訳文の多くは、意味を正しくとるために、ことばの流れを阻害している。徒然草の訳文にしてもそうだ。兼好の呼吸ではない印象をうける。その弊を避けたつもりである。

今回も、数多くの先師の著書・論文を参考にさせて戴きました。引用の書物・論文は、本文に掲載して末尾の紹介を省略しました。参考にしながら、引用できなかった論文の漏れはありますが、ご寛恕のほどお願い申し上げます。そして林先生のご遺族を仙台でさがしてくれた畏友・富田秀夫さんにも感謝しています。

書き上げてから参考文献に目を通しますと、先師のご苦労がしみじみと読み取れます。もう一度書くとすれば、倍の長さにはなるでしょう。それほどまでに割愛に苦しむ研究の数々でした。あらためて感謝の意を表します。また拙文を連載して戴いた大法輪の編集長・黒神直也さんと挿絵を描いてくださった脇田芳明画伯にも御礼を申し上げます。

末尾となりましたが、地味な本稿を取りあげて下さった幻冬舎の志儀保博氏にも、心より御礼を申し上げます。幾多のご縁に支えられた本著がひとりでも多くのひとの手にわたり、兼好法師研究の一助となれば幸いです。

平成二十四年八月十日　府中市の仕事場で記す。　大野芳

幻冬舎新書 303

吉田兼好とは誰だったのか

徒然草の謎

二〇一三年五月三十日 第一刷発行

著者 大野 芳

発行人 見城 徹
編集人 志儀保博
発行所 株式会社 幻冬舎
〒一五一−〇〇五一 東京都渋谷区千駄ヶ谷四−九−七
電話 〇三−五四一一−六二一一(編集)
〇三−五四一一−六二二二(営業)
振替 〇〇一二〇−八−七六七六四三
ブックデザイン 鈴木成一デザイン室
印刷・製本所 株式会社 光邦

Printed in Japan ISBN978-4-344-98304-5 C0295
お-17-1
幻冬舎ホームページアドレス http://www.gentosha.co.jp/
*この本に関するご意見・ご感想をメールでお寄せいただく場合は、comment@gentosha.co.jp まで。